追放された技術士《エンジニア》は破壊の天才です

仲間の武器は『直して』超強化! 敵の武器は『壊す』けどいいよね?

著 いちまる　ill. 妖怪名取

フレイヤ
〈パラディン〉〈シーカー〉
元聖騎士の探索者。
とある事情でクリスの
もとを訪ねる。
コネクト
クリスが使う、
狐を模した
修理用ツール。
カムナ
少女の姿をした兵器。
クリスの修理によって
目覚め、彼の為に戦う。
クリス
〈エンジニア〉
技術士の少年。
気弱ながら
修理の腕は確か。
『解体術』という
破壊の力を使う。

CHARACTER
イザベラ
探索者パーティー
『高貴なる剣』のリーダー。
貴族令嬢で、クリスを
見下していた。
パルマ
『高貴なる剣』の
魔法使い《ウィザード》。
姉のイザベラを
崇拝している。
ジェイミー
『高貴なる剣』の射撃手。
イザベラの恋人で、
粗暴な性格。

プロローグ

「――てめぇ、いい加減にしろよ！」

薄暗く広い洞穴に、男の怒鳴り声が響いた。

カンテラが地面に落ち、その火がパチパチと音を立てて輝く。ホールのようにくり抜かれた洞穴の中心には、暴力的な光景が広がっていた。

この場にいるのは、四人の人物。

一人は、どことなく弱気そうな青年。ぬかるむ地面に倒れ込んで、腹部を抱えて呻いている様子から、恐らくその辺りを殴られたか、蹴られたようだ。当然、たった今強気な口調で叫んだのは彼ではない。

別の一人は、頭に血が上った様子で、豪奢な装飾の施されたピストルを振り回しながら喚いている。倒れている青年よりも頭一つ背の高い男だ。

彼の後ろにいる女性二人は、男の暴虐を止めようとしない。

「どういうことだ！　俺様の銃が不調を起こすのはよ、全部てめぇのせいだろ！」

四人の他に誰の気配もない、声すら吸い込まれる迷宮らしき場所で、男の暴虐は続く。

「げほ、ごほ……不調って言ったって、そんな乱暴な使い方をすれば……」

髪(かみ)を掴んで唾(つば)を吐き散らす男に、青年はかろうじて反論した。

「口答えすんじゃねえよ、平民の『技術士(エンジニア)』風情(ふぜい)がよォ！」

「うぐっ！」

しかし、彼の言い分をこの男が聞く様子はない。かっとなった調子で男が青年の腹を蹴り飛ばすと、彼は後方に倒れ込み、泥と血に汚れた顔でもんどりうった。

「なぁなぁなぁ、技術士ってのはどんな仕事だ？　探索者(シーカー)である騎士(ナイト)や魔法使い(ウィザード)のアームズをしっかり修理して、調整して最高の状態にすることだろ？　違うか、あァ？」

どうやら、彼らは仲間同士で、青年は重要な役職にあるらしい。

だが、男にとってそれは、暴力を振るうのをやめる理由にはならないようだ。

「それがてめぇの仕事だって言ってやるのが、おかしいってのか、あァ⁉」

「うああぁっ！」

そこからはもう、一方的ないじめだった。

殴る蹴るは当然のこと、不調を起こしているはずのピストルの底で頭を殴りつける。

額(ひたい)や腕、脚から血が流れてもお構いなしだ。このままでは青年が死ぬまで、男はへこみ始めているピストルで殴打を続けるだろう。

「そ、そうじゃない！　俺はしっかり修理したんだ、俺は――」

「もういいわ、ジェイミー。貴方の手を汚すだけ無駄よ」

殺されると直感した青年が弁明しようとした時、とうとう背後の女性が口を挟んだ。

きつい口調の女性は、華美な服装――こんな地下深くとおぼしき場所には不釣り合いな格好をしており、いかにも高い位らしい出で立ちだ。

高慢そうな彼女の後ろにいる、おどおどした少女もまた、同じような衣服を纏っていた。

「……ったく、仕方ねえ。愛しのイザベラのお願いとありゃあな。運が良かったな」

彼女の言葉ならば聞くのか、ジェイミーと呼ばれた男は青年から手を放し、乱暴に蹴飛ばした。

地面に転がった青年は、てっきり自分が助かったのかと思った。

「……イザベラ、俺は……」

「喋らないで。貴方の口からは、もう何も聞きたくないわ」

もちろん、そんなはずはなかった。

彼女――イザベラの目は、ジェイミーのそれよりもずっと冷静で、冷酷だった。戯れも残虐さもない、ただひたすら青年を侮蔑する目をしていた。

「私達Aランクパーティー『高貴なる剣』にスカウトしてもらっておきながら、この程度の力しか示せないのね。もう少し仕事のできる男だと思っていたけど……残念ね」

「う、うう……」

「パルマ、この男を焼き殺しなさい。せめてものうっぷん晴らしにはなるでしょうね」

「は、はい、お姉様」

彼女達がなぜここにいるのか。どうして青年が貶められているのか。そんな疑問は、やがて些末なものになる。

何故なら、これから青年は、この三人によって殺されるからだ。

さっと青ざめた青年の前に、パルマと呼ばれた少女が躍り出た。右手には長い鉄製の杖を握っており、その先端で輝く水晶玉には、地面に転がったカンテラよりもずっと明るい火が灯っている。

これで何をするかは、もはや明白だ。青年を焼き殺すつもりだろう。

仮に焼き殺されなくとも、今度はイザベラの右腰に提がっている剣が、彼を斬り殺すだろう。

「だとよ。無能で愚図なお前の行きつく先は、処刑ってわけだ」

「そ、そんな……!?」

ジェイミーも、こうなることが分かっていたからこそ、殴るのをやめたのだ。

定められた結末に慄き、青年は背負っていた荷物を掴み、腰を抜かしたまま後ずさりする。

だが、背中に洞穴の壁が当たってしまい、逃げられないと悟った。

イザベラは冷たく告げる。

「ここはダンジョンで、他の探索者はいない。誰も私達を咎めはしないわ……まあ、外だろうと、帝国創設者たるアルヴァトーレ一族の最高傑作、このイザベラ・ド・アルヴァトーレを責められる人間なんて一人もいないのだけれど」

「ま、待てよ、待ってくれ！」

「『高貴なる剣』に貴族以外の人間を加えるなんて、一時の気の迷いでもやめておくべきだったわね。反省の材料にさせてもらうわ。今度はもっといい技術士を雇うから、安心して死んでちょうだい……パルマ、やるのよ」

「はい、や、やります。それでは――」

青年が必死の形相で命乞いをしても、彼女達は聞く耳を持たない。

とうとう杖を掲げたパルマを前に、青年は必死に逃げようと、もがくように思い切り地面に足を踏み込んだ。

――それが、まずかった。

「えっ？」

彼が足に力を入れた途端、地面が陥没した。

体が沈むのと同時に、待ち構えていたように地面にばっくりと裂け目ができて、青年の姿がわずかに歪んだ。

「――あ、う、うわああああぁぁ……！」

そして、彼は文字通り、落ちていった。

青年が落ちた亀裂は決して大きくはない。そんな穴に都合良く落ちるなど、偶然にしてはできすぎている……と疑ってしまう。

人ひとり、ふたり程度なら呑み込んでしまう亀裂を、残された三人は覗き込んだ。

「……落ちた、のかしら？」

「そ、そうですね、お姉様。あの男、運良く緩んだ地盤の裂け目に落ちた、ようです」

「ならいいわ。彼はダンジョンで事故に遭って死亡。『エクスペディション・ギルド』にはそう伝えておいて、ジェイミー」

彼女はあっさりと、青年を見限った。既に死んだ者として扱っている。

「ああ。それにしても、もう少し憂さ晴らしをしてやりたかったもんだぜ」

「……ストレス発散なら、このキスで我慢して頂戴、ね？」

イザベラが穴に背を向け、ジェイミーの頬にキスをすると、彼は満足げに微笑んだ。

「ふっ、しょうがねえな……愛してるぜ、マイハニー」

「お姉様……」

邪魔者を消し、男を侍らせて満足げなイザベラと、彼女を敬愛に満ちた視線で見つめて追いかけていくパルマ。性根はどうあれ、この瞬間だけ切り取れば、彼ら三人は理想のパーティーに見えるだろう。

だから、地の闇に落ちていった男は、結局不要だったのだ。

こうして、三人の元仲間は、洞穴から完全にいなくなった。

消えてしまった者について語るとすれば、まずは何者であるかと、名前を告げる必要がある。

不遇なる技術士。

名を、クリス・オロックリン。

彼がどうしてこんな目に遭ったのか。話はしばらく前に遡る。

第一章　技術士（エンジニア）とカムナオイノカミ

この世界に『ダンジョン』が出現してから、百余年が経った。

――ダンジョンとは、突如として世界中に出現した巨大な迷宮の総称である。

そこに住まう生物、環境、広大さはたちまち人々を魅了した。特に原生生物の身体を形作る特殊な素材は鋼（はがね）にも勝（まさ）る硬度を誇（ほこ）り、誰もがこぞって欲しがった。

剣や斧（おの）を振るう戦士、一族に代々伝わる摩訶不思議（まかふしぎ）な術を操る魔法使い、希少な武器である銃を用（もち）いる射撃手、商人、遊び人、賢者（けんじゃ）、薬剤師などが『探索者（シーカー）』に転職し、未知の世界がもたらす栄光と利益に目を輝かせ、闇（やみ）の中へと飛び込んだ。

探索者達の中で最も重宝（ちょうほう）されたのは、技術士（エンジニア）と呼ばれる役職だ。

ダンジョン内の生物は非常に強力で、並の装備では倒すまでに時間がかかる。

人々はすぐに、それらから剥（は）いだ素材を用いた武器を造って戦うようになった。

これらの武器はアームズと称され、今や探索者の標準装備になるまでに至っている。

ただし、普通の武器と比べて、構造が複雑なのが唯一の難点。

そこで、アームズの調整や、修理に駆り出される職業が技術士である。

基本的に探索者は複数人でパーティーを組むが、その中に最低でも一人は技術士がいるのが通例だ。そして、彼らが粗雑に扱われることなど、滅多にない。

ただ、彼――クリスは、その滅多にない状況を引き当ててしまった。

生まれつきおかしな色の右目を有している点以外は、彼はありふれた外見だった。

強めのウェーブがかかった、やや長い髪の色は黒。眉の色も髪と同じで、瞳は右が紫で左が緑色、紫の目は生まれつき白目が黒い。背は人並み。

肌は少し白いが、ダンジョン探索に備えてしっかりと鍛えられている。紺色の長袖ジャケットと白のシャツに黒いズボン、腰布を纏い、鈍色の特殊革製ブーツを装着した、探索者としてはありふれた格好だ。

三週間ほど前、クリスはとある目的の為に生まれ故郷を出て、都会にまでやってきた。右も左も分からない中、彼が『高貴なる剣』と出会ったのは、イザベラ達によるスカウトが理由である。

「――オロックリン。貴方、私達のパーティーに入らない?」

「……俺を、Aランクのパーティーに?」

「ちょうど技術士を探していたのよ。報酬は弾むわ」

目的を果たすべく、なるべく強い探索者と共に、難関のダンジョンに行きたいと、彼はずっと思っていた。

そんな矢先に、公的に認められる中では最高ランクであるAランクを掲げるパーティーがスカウトしてくれたのだから、クリスが喜ばないはずがなかった。

しかも一同は、全員が貴族の生まれだというではないか。訓練では相応以上の成果を上げていたと聞き、彼はAランクの実力に納得して、早々にダンジョンへ向かった。

——ところが、彼を待っていたのは理不尽に塗れた日々だった。

「もっと早く調整しなさい。今晩までには修理しなさい。アルヴァトーレの血を引く私のアームズに触れる権利を、首を垂れて喜びなさい」

まず、リーダーのイザベラ。彼女の言葉は、クリスの心を蝕んだ。

内側にカールを巻いた桃色のロングヘアーと吸い込まれそうな緑色の瞳、真っ白な肌と潤んだ唇が合わさり、彼女は誰もが振り返る美貌の持ち主だ。

高級なネックレスやピアス、腕輪といった装飾品をこれでもかと身につけ、フリルが至る所にちりばめられた特注の蒼いドレスを纏っている。腰には剣を収める鞘を装備していた。

ブーツも特注品で、黒い革製。いずれも一般人では買えない代物だ。

「これで調整したというの？　完璧にしなさいと言ったはずよ、私は」

高貴な雰囲気を漂わせる彼女の要望は、まさしく世間知らずを体現していた。無理な要求を繰り返し、クリスが寝不足になるのもざらだった。

なのに礼の一つも言われず、与えられるのは成果に対する愚痴と文句だった。

「お姉様の期待に応えられないなんて、本当に使えません……」

イザベラの妹であるパルマは、姉の肯定者であり、クリスの否定者だった。

姉と同じ桃色の長い髪は、白く大きなリボンでツインテールにしてある。くりくりと大きな淡い緑の瞳と林檎のような頬の持ち主。

マントのように纏った紫色のローブには、可愛らしいワンポイントや装飾が至る所にちりばめられている。白と灰のツートンカラーシャツと藍色のミニスカートの下にはスパッツを着用し、膝を覆うほど長いブーツを愛用していた。

「無能で、愚図で、便所の糞にも劣る……どうしてお姉様は、こんな男を……」

可愛らしい見た目とは裏腹に、性格は酷く陰湿で、姉の言葉に妄信的だった。だから、イザベラと同様にクリスに対する評価も冷たく、殺意に近い目線を向けることもあった。

だが、この二人は暴力を振るわなかっただけ、まだましだ。

「このゴミ野郎！　アームズがまた壊れたぞ！」

イザベラの恋人にしてやはり貴族でもあるジェイミーは、傲慢の化身だった。

髪は濃い茶色のショートヘア。顎に髭をたくわえて、眉は太めで目は細め。小洒落たシャツの上から深い緑色のジャケットを羽織り、銀色の派手なアクセサリーを身につけている。

黄土色のカーゴパンツと、底の分厚いサンダルを履いている。がっしりした体格で、筋肉質で肌はやや浅黒い。

主な装備であるピストルはホルスターに入れて腰に提げ、ボウガンを背中に斜め掛けにして持っている姿から察せる通り、彼は射撃手である。

「俺に口答えする気か？　俺様はジェイミー・マイヤー！　かのマイヤー家の次男だぞ、てめぇなんかとは格が違うんだよ！　言うことだけ聞いてやがれ、ボケがっ！」

彼は他の二人とは違い、容赦なく暴力を振るった。

反論は家柄と拳によって封じられ、時には憂さ晴らし程度で殺されかけた。周囲の人間がクリスを助けようとしなかったことが、彼らの実家が本当に権力を持っている証拠でもあった。

とにもかくにも、クリスは思いつく限り最悪のパーティーを引いてしまったのだ。

「『高貴なる剣』の名を辱めるだけね、貴方の存在は。じきに新しい技術士を雇うから、それまで必死に貢献しなさい。手を抜いたら、その指を斬り落としてやるわ」

「杖も直せないのに……お姉様の剣も直せないのに、技術士を名乗るなんて……本当にどうしようもない、パーティーの恥さらし……」

「てめぇみたいなやつの役割はな、もう決まってんだよ！　俺様達のストレス発散係としてもうちょっと耐えろよな！　いいか、もし勝手に逃げようとしてみろ！　父上に言いつけて、二度と探索者なんてできなくしてやるよ！」

毎日、毎日、邪悪な文句が頭上を飛び交う。

少しでも反論しようとすれば、暴力と罵倒がクリスを襲う。

「家柄と訓練の実績を認められて、Aランクを『エクスペディション・ギルド』から与えられた我らが『高貴なる剣』……その私達がBランク以上の探索ができない理由はなぜだか分かる？　貴方がいつまでも成長しないからよ。クリス・オロックリン」

イザベラはクリスを貶めるたびに、自分達がいかに優れているかを延々と語った。クリスにとっては、聞くだけで吐き気を催しそうな呪いとなった。

ひと月にも満たなかったが、それは暴力の日々だった。暴言の日々だった。生傷が絶えない日々は生き地獄だった。

理不尽だけが無限に続くように感じられた。

Aランクも、探索も、もはやどうでも良くなっていた。

それでも、彼はパーティーを離脱しなかった。正確に言えば、離脱できなかった。

替わりが来るまで逃げるなと脅されたのもそうだが、最初に属したパーティーから早々に離脱するのは周囲に良くない印象を与えると考えたのだ。

自分の技術士としての技量の低さが不満を生んでいるのだと考え、必死に耐えた。

真面目な態度と、技術士であり続ければいつか報われると信じ、何をされようとも、自分にできることを最大限成し続けた。

だが、愚直なまでに耐え続けた結果が、これだった。

彼は暗い闇の中で愚かさをなじられ、死を選ばされた。

彼女達の横暴さをはじめに見抜けなかったのは、クリスが目的を果たすのを急いでいたからでもあるし、彼に探索者としての経験がまるでなかったからでもある。

何より大きな要因は、ひとえに運が悪かったから、としか言いようがない。

ただ、まさか死に至るとまでは思わなかった。殺されるとは思わなかった。

闇に落ちていく中、このまま夢が潰えるのかと思うと、技術士として為すべきことも為せないまま死ぬのかと思うと、悔しくてならなかった。

どうして、『高貴なる剣』は自分を雇ったのだろう。

元から自分に目を付けていたのか。本当に偶然だったのだろうか。

考えが巡り、巡り、巡り行く果てに——。

◇◇◇◇◇◇◇◇◇◇

「——はっ」

クリス・オロックリンは、目を覚ました。

「痛っ……俺、どうなって……」

彼は背中に伝わる冷たさと、目を開けているのに何も見えない暗黒であることから、自分が洞窟の中に寝転がっているのだと気づいた。

ゆっくりと体を起こすと、骨が軋むような痛みが奔った。ぺたぺたと触れてみると、顔も体も、まだ痛々しく腫れている。体中傷だらけで、頭もくらくらしている。

どうしてだろうかと少しだけ考えて、すぐに現実に引き戻された。

自分がどこにいるのかも、なぜこうなったのかも、答えはもう分かっている。

「そうだ、落ちたんだ……イザベラ達に、殺されそうになって……」

彼は落下したのだ。元仲間に殺されかかり、床の崩落に巻き込まれてしまった。

もしやと思って、背負っていたリュックを掴むと、幸い荷物は奇跡的に無事のようだった。ついでに、中でうごめくものも、まだ動けるようだ。

「大丈夫かい、『コネクト』？」

リュックの口を開くと、クリスが名前を呼んだそれが飛び出した。

『コン！』

銀色の小さな狐の姿をしているが、これはクリスの立派な工具で、相棒だ。

彼が技術士になって間もない頃、長い時間をかけて自分専用のツールを造り上げた。あまり人と話す機会のないクリスは、自律的に思考し、動く機能を積み込んだ。

そうして完成した、彼の技術の結晶がコネクトである。

ちなみにコネクトの名の由来は、何でも繋ぎ合わせられる万能ツールである、ということから。

クリスと繋がる存在、なんて意味もこっそり込めている。

今ではこの狐は、何かとクリスの相談相手になってくれているのだ。

さて、どうにか生きているようだが、コネクトがいてもクリスは希望を抱けなかった。

少しずつ目が闇に慣れてきて天井を見つめると、暗い闇の中に、ここよりは少しだけ明るい切れ目があった。遠く、遠くに見えるそれは、クリスが落ちてきた穴だった。

「……助からないだろうな、俺」

『コーン……』

「ああ、ごめんね。ツールに心配されるようじゃ、技術士失格だ」

呟いた答えを振り払うように、クリスは荷物を漁り始めた。

「とりあえず、明かりがないと何も見えないな。えっと、予備のカンテラは、っと」

手に触れる感覚だけでカンテラを取り出し、明かりを灯す。

「ま、燃料がどれだけもつか分からないけどな、はは……」

諦めた調子で独り言を呟きながら、クリスは明かりをつけた。

ぱっと周囲が照らされ、視界を取り戻した彼がひとまず何があるかと確かめるように、カンテラを持って振り返った時だった。

「――うわああッ!?」

思わず、クリスは驚愕の声を上げて飛び退ってしまった。

眼前に広がっていたのは――広い空間を埋め尽くすように転がっていたのは、両手足の指で数えても到底足りないほどの数の、化け物だった。

どれもこれもクリスよりずっと大きく、犬猫や鳥とは似ても似つかないおぞましい外見をしている。巨大な腕、鎧（よろい）のような鋼に包まれた外見に、クリスは見覚えがあった。

「……これは……魔獣（メタリオ）!?　それもこんなに!?」

魔獣。ダンジョンにのみ生息する、全身に鋼を纏った恐るべき怪物だ。

ダンジョンを探索する仕事をしているので当然クリスは何度か遭遇したことがあった。だが、ここまで密集しているのは初めてだ。

彼は今度こそ死を覚悟したが、不思議なことに、どの怪物も彼を襲ってこなかった。

その理由は、呼吸もせず動かず、瞬（まばた）きすらしていないからだ。明かりに照らされた怪物はどれもこれも手や足をもがれていて、しかも鋼に埃（ほこり）が載るくらいの月日が経っているようだった。

つまり、全て死んでいるらしいのだ。

「埃を被（かぶ）ってるし、どれも死んでるのか？　これだけの数も大きさも、初めて見た……」

恐怖心を一旦捨て置いて、死因を探りつつ、クリスは魔獣達の周りを歩き始めた。そして、すぐにそれを見つけた。

「何だ、これ」

——それは、人間だった。

——もっと詳しく言うなら、少女のようだった。

ようだった、というのは、あまりにも人間離れして見えたからだ。少なくとも、壁にもたれかかって目を見開いた様は人間ではなかった。

髪型は一つの撥ねもない、腰までの長さのブロンド。瞳の色も髪と同様に金色で、丸く大きい。瞳の奥には人間と違い、レンズらしき小さな部品が埋め込まれているように見える。

眉は太い金色。胸は比較的大きめで、背はクリスより頭一つ低い。

総じて美少女、と呼ぶにふさわしい。身に纏っているのがぼろ切れ一枚で、体はおろか瞼すら事切れたようにぴくりとも動かない点を除けば、だが。

「女の子？　魔獣みたいに固まってて、これじゃ石像みたいだ」

カンテラと荷物を彼女の前に置いたクリスは、ピンと伸び切った彼女の手に触れた。

すると、彼が掴もうとした右腕は簡単に千切れてしまった。

「なっ！　こ、壊れた⁉」

てっきり血が噴き出すのかと思ったが、少女はまるで動じなかったし、血も出なかった。代わりに、持ち主から離れた腕の継ぎ目から、中身とおぼしき鉄の破片や見たこともない部品がボロボロとこぼれ出た。

「どうなってるんだ、この体！　これじゃまるで……」

腕を掴んだまま目を丸くするクリスだったが、彼は地面を鳴らす金属片の音や、肌に似た物質を作るもの、骨に似た素材の全てから、彼女が何者であるかを悟（さと）った。

「……アームズ、なのか？」

自分がこれまで造ってきた、調整してきた、修理してきたアームズ。

部品が違うのに彼女の中身がそれらと酷似（こくじ）していると分かったのは、彼が技術士だからだ。そうでなければ、きっと少女は魔獣と同じ扱いを受けていただろう。

イザベラやパルマ、ジェイミーのみならず、ほとんどの探索者が持っているアームズの中身を知っているクリスだからこそ、ずっとアームズと付き合ってきた彼だからこそ分かったのだ。

（人間の姿をしたアームズなんて、見たことがない。というより、内部構造が似ているだけでそんな確証もないし、そもそもアームズより機構（きこう）も複雑で……）

しげしげと右腕を眺めていたクリスだが、ふと、虚空（こくう）を見つめる少女と目が合った。それがクリスには、酷く悲しい目に見えた。

死の間際（まぎわ）まで、ここにいる化け物達と戦ったのだろうか。

あるいは望まずして恐怖の闇に閉じ込められたのだろうか。

いずれにせよ、望まぬ結末を迎えたと彼女の目は言っていた。

まるで自分のようだと、クリスは思ってしまった。

「……君は、いつからここにいるんだ？」

気づけば、クリスは少女に語りかけていた。

黒い髪をわしゃわしゃと掻きながら、しゃがみ込んで、視線を合わせて声をかけた。

「俺みたいに、今さっき落ちてきたわけじゃないよな。いや、何日経ってるのかは俺もよく分かってないけど、ずっと独りぼっちだったのか？」

当然、誰も何も言わない。ただ、空間に声がこだまするだけだ。

「……俺も同じだよ。魔獣の素材と工具のコネクトが俺の友達だ」

きっと、彼は誰にでもなく、自分に語りかけていたのだろう。

「多分、というか間違いなく、俺はここで死ぬんだ。だからさ、すまないけど俺の最期のワガママに付き合ってくれないかな。その代わり、完璧にやってみせるから」

どうにも頼りない笑みを浮かべ、クリスは言った。

「――君を、修理させてくれ」

返事はなかった。

ただ、クリスはゆっくりと彼女の右手を置いた。

そして荷物の中から、人の腕ほどの長さがある長方形の工具らしい何かを取り出した。彼が鈍色のそれを掴み、後部を軽く叩くと、幾つかの鉄製の棒が飛び出した。スパナ、レンチ、何かを注入する器具、赤く焼けたように光る刃物。

「コネクト！」

『コン！』

何より大事なのは、彼専用の修理用ツール、コネクト。

跳び上がった狐はがしゃん、がこん、と小気味いい音を立てると、たちまち腕ほどの長さの長方形のツールへと変形した。

狐の意匠はところどころに残っているが、これこそがクリスの最大の相棒の正体である。

カンテラの明かり一つを頼りに、彼はそれを構えると、少女の修理を始めた。

もちろん、どうやれば直るのかは完全に謎だ。彼にできるのは手足の接合や破損部位を修復することだけで、それ以上は望めない。

しかし、どれだけ時間がかかろうとも、クリスはやれる限りのことを成し遂げるつもりだった。その途中で死んでも、朽ちても、それだけは果たすつもりだった。

（何をしてるんだろう、俺は。ツールを一切合切引っ張り出して）

ほぼ無意識に動く体に反して、頭は合理的とは言えない行動に疑問を呈していた。

（正体だってさっぱりな奴を、俺はどうして直そうとしてるんだ？　生きて帰れるわけでもないのに、直る保証もないのに？）

表面を焼き、内部の不純物を取り除き、リュックから取り出した布で部品を綺麗にして、調節して戻す。外れかけた部位同士を溶接して繋ぎ、歯車の嚙み合わせを確認する。代用できるものなど何もないから、一つ一つの作業を丁寧にこなす。

（いいや、違う。壊れているから、直すんだ。技術士の使命はそれだけだ！）

一心不乱に作業を続けるうちに、クリスは無意味にも思える行動の理由が分かった。

彼は、死の間際であろうと、技術士であり続けたかった。

仲間達に罵られようと、捨てられようと、自分は修理と修復に力を注いだ。そこに一つの疑いも、躊躇いも、嘘もないと己の心に刻み込みたかったのだ。

カンテラの灯りが小さくなってゆく間、彼はずっと、ずっと修理にふけっていた。

「……これで全部だ。俺に直せるところは、全部修理した」

果たして、無限に感じられる最期の修理は、彼が納得するまで続いた。

コネクトが元の狐の姿に戻り、ツールを全て置いて静かに呟いたクリスの視線の先に、先ほどとは見違えるような姿になった少女がいた。

埃など欠片も見当たらず、肌は色を取り戻すほどに磨き上げられ、傷は完全に修復された。

彼の技術士としての集大成だった。過大評価するわけではないが、これほど綺麗にものを直せる男は、そうそういないだろう。

大方滞りなく修復は進んだが、手触りまで人間に近かったので、柔肌がぼろ切れの間から時折見えそうになるたびに目を逸らさなければならなかったのが、唯一の難点だった。

作業は上手くいったとはいえ、一仕事成し遂げたように座り込んだクリスに、結果が伴うとは限らない。

「………ダメ、か」

虚しく漏れた声が示す通り、少女は目を覚まさなかった。

人間を模した新品の人形だと言われても信じられるほどの状態まで戻したのに、うんともすんとも言わなかった。いや、そもそも動く保証など、どこにもなかったのだ。

「本当にアームズかも分からないのに、自己流で修理なんかしても意味ないよな。こんな調子じゃ、イザベラに捨てられるのも仕方ないか。ははは……」

『コーン……』

すり寄ってくるコネクトの頭を、クリスは撫でた。

全ては自己満足だと分かっていたつもりだが、それでも乾いた笑いが漏れた。

もしかすると、己の腕が間違っていないと証明したかったのかもしれない。自分が捨てられたのは、自分の実力不足が原因だと思いたくなかったのかもしれない。

だが、もう手遅れだ。彼の目の前に広がるのは、空虚な現実だけなのだ。

「ははは、はは、は……」

惨めで、哀れで、愚かな自分を嗤った。

何一つ為せない自分に酔いしれるように、現実逃避の如く嗤った。

だから、彼は変化に気づけなかった。

微かな軋み、揺らぎ、あらゆる歯車と歯車が噛み合ったことに気づけなかった――。

「――あんた、誰？」

「――は？」

眼前の少女が瞬きして声をかけてきて、彼はやっと気づいた。

ぱちくりと金色の目と、眼球の奥のレンズが開閉するのを見た時、彼は硬直した。

動かないと思っていた少女が、可愛らしい声で問いかけてきたのだ。

「のわあああぁぁッ！」

『ココーンっ!?』

魔獣を見つけた時よりもずっと素早く、大袈裟（おおげさ）な挙動で、彼とコネクトは飛び退いた。

リュックが倒れて中身がこぼれるのにも構わず、クリスは目を白黒させながら戸惑いを隠せないでいる。

「え、何で、動いてるんだ？　俺の、修理が、成功したのか？」

彼女を動かす為に汗水を流していたのに、実際そうなったら驚愕していた。それどころか、本当に動いてしまった事実に恐怖すら覚えていた。

そんな彼をよそに、少女はついさっきまで居眠りしていただけであるかのように、のそりと起き上がった。

体を動かすたびに、関節同士や皮膚（ひふ）の模造品の内側が擦（こす）れる音がしたが、彼女はまるで動じずにクリスに近づいてきた。

「ふーん、あんたが修理してくれたんだ。体のガタの具合もそんなに悪くないし、結構いい腕してるじゃない。で、ちょっと聞きたいんだけど」

彼がへたり込んでいるのに全く構わず、腰に手を当てた少女は、クリスに聞いた。

「ここはどこかしら？　『ヒノモト』？　それとも『ワコク』？」

「へ？」

何を言っているのだろう。

ここはどこか、と聞かれればだいたいは答えられるつもりだったのだが、彼女が聞いてきたのは一度だって耳にしたことのない地名だ。

しかも少女は、クリスがそれを知っているのが当然かのように質問してきたのだ。

脳の処理が追い付かず、目を白黒させるだけのクリスに、彼女は更に畳みかける。

「どっちでもないの？　じゃあ、『アメノヌボコ』の正体は？　どこにあるの？」

「へ？　へ？」

「あー、もしかして、何にも知らない？」

「あ、まあ、うん」

そうとしか言いようがなかった。

少女は落胆した様子でも、怒った様子でもなかった。むしろ、ほぼ全裸なのを何も気にしていないのも相まって、豪放さすら感じさせた。

クリスの推測通り、彼女がアームズならば羞恥の感情はないのだろうか。

いや、そもそも人型のアームズとは何なのか。

今更ながら無数の疑問が湧き上がってくる。すると、少女が言った。

「ま、いいわ。外に出れば分かるだろうし、あたしも正直ほとんど覚えてないし、何より細かいことを考えるのは苦手なのよね……あ、そうそう、自己紹介を忘れてたわ」

ガチガチ、キリキリと関節を鳴らしながら、少女は笑った。

「あたしは『カムナオイノカミ』。カムナって呼んでちょうだい」

「か、カムナ……？」

「そっ。で、あんたの名前は？」

「……クリス。クリス・オロックリン。こっちは俺の相棒のコネクト」

『コンコン』

「クリスに、コネクトね。いい名前じゃない」

カムナと名乗る少女は、クリスに右手を突き出した。

「実を言うと、覚えてるのはこれだけ。でも、確かなこともある」

血の通っていない掌を広げ、関節とは異なる箇所に継ぎ目の入った腕を見せ、カムナは告げた。

「あたしを修理してくれたんでしょ？　お礼に、何でも命令を聞いてあげるわ」

何でも命令を聞く。

彼女の言葉と瞳は、謎の自信に満ち溢れていた。

「何でも、命令を？」

「そうよ。あんた、あたしを使う為に修理したんでしょ？」

カムナは自身が全知全能であるかのように断言し、大袈裟なほど胸を張った。

「だったら命令しなさい、だいたいのお願いは聞いてあげるわよ。伊達に『アメノヌボコ』を探しに来てないし、ここら辺の化け物を返り討ちにしてないんだから」

どうやら、彼女が武器か、その類の道具であることは間違いない。

正直に言うと、アメノヌボコが何であるか、彼女はどこから来て何をしていたのかはさっぱりだ。

クリスは十数年生きてきた中で、そんな単語を一度だって聞いた覚えはない。

今の会話で確信できたのは、彼女が山ほどの魔獣を単身で撃破できる戦闘力を有した存在ということだ。

(やっぱり、この魔獣を倒したのはこの子だったんだ)

彼女の言葉が正しければ、なるほど確かに、暴力的な命令であれば多くは叶うだろう。

だが、クリスの目的は彼女の利用ではない。修理だって、気の迷いに過ぎないのだ。

「……悪いけど、俺はそんなつもりで修理したんじゃないんだ」

「はぁ？　修理したのに使うつもりがないって、それじゃあ何で直したのよ？」

「なんとなくだよ。技術士としての性分というか……君の目が、寂しそうだったから」

文字通り、彼には何の欲もなかった。彼女を助けてどうこうしようという気持ちは微塵もない。

「第一、命令をしたって、何をしたって意味がないよ。俺達がいるのはダンジョンの穴の奥で、どうやったって出られないんだ。君を直したのも、死の間際の気の迷いみたいなものだよ」

驚きと恐れが頭から消え去りつつあるクリスは、大きなため息をついた。

カムナはそんな彼を軟弱者と罵らなかったし、命令しないからと言って放置するわけでもなかった。

まるで珍しいものでも見るかのようにしげしげと彼を観察したカムナは、揺れるカンテラの明かりに照らされながら、口元を吊り上げて笑った。

「……ふーん。あんた、お人好しなのね」

「お人好し？」

「あたしの目が寂しそうだからってだけで、汗だくになってまで修理する奴がお人好しじゃなければ何なのよ。でも、そういうのは嫌いじゃないわよ」

腕を後ろで組み、彼女は花が咲いたような笑顔を見せた。

「というか、その逆ね！　うん、あんたのこと、すっごく気に入ったわ！」

その顔がどうにも可愛らしくて、それでいて眩しくて、クリスは思わず目を逸らした。

きっと、地元や『エクスペディション・ギルド』のある街でここまで優しくされたなら、彼だって恋に落ちていただろう。

しかし、現状は餓死しかあり得ない穴の中。

希望も夢もない、死の未来しか待っていないのだ。

「気に入ったからって、どうなるわけでも……」

ただ、そう思っているのはクリスだけだった。

「そうでもないわよ。あたしなら、ここから脱出できる」

「えっ？」

何故なら、カムナにとって、これしきは障害ですらないからだ。

「興味がわいたわ。あたしに教えてちょうだい、この世界のこととか、あんたのこととか、知っている限り全部。そしたら、ここからあっという間に助けてあげる」

恐ろしいほどに自信に満ち溢れたカムナの話を聞いても、彼は信用しなかった。いかに凄まじい力を持っているとしても、だから何だ、としか考えられなかったのだ。

クリスは、半ば諦めていた。

「命令というか交渉じゃないか……だいたい、俺は……うっ!?」

ふいにカムナは彼の手を握り、起き上がらせた。ずいぶん乱暴に引っ張られたので、クリスは思わずつんのめりかけた。

カムナの胸元に危うく顔を突っ込みそうになった彼がどうにか姿勢を整えると、目の前にあったのは、彼女の真摯な顔だった。

さっきまでの考えなしの笑顔ではなく、大事だと思う人を救いたい一心の表情だ。

「――命令して、クリス。今のあたしは、あんたの武器なんだから」

だから、会って間もないだとか、何の縁もないだとかは、この場では意味がなかった。

彼女の強い気持ちは、今まさにクリスを奮い立たせる最高の力に間違いなかった。

「俺の……武器……」

ここに来て初めて、彼は信頼というものを感じ取れた。

パーティーにいた時にも、ましてやイザベラ達と話していた時でもまるで感じなかった安心感を、カムナからは受け取れた。無償の行為に対する、無償の応報そのものだ。

コネクトと顔を見合わせ、互いに頷いたクリスが言った。

「ここから出してくれ、カムナ。俺は、君と一緒に穴の外に出たい」

「オッケー。このカムナオイノカミに任せなさいっ！」

彼が頷くと、カムナはぐっと手に力を込めた。

どうやら彼女は、頼られるのがとても嬉しいようだ。

言うが早いか、カムナはクリスを更に強く引き寄せた。彼は自分の荷物をこのまま置いていかれそうな気がして、リュックとカンテラ、コネクトだけはどうにか引っ掴んだ。

そうして彼はたちまち、カムナにおぶさるような格好になる。

のしのしと歩いて割れ目の真下まで来たカムナは、どうにか首にしがみつくクリスをしょって、上を見据える。

距離を測っているようにも見える彼女は、すぐに鼻を鳴らすと、自信満々に屈伸運動を始めた。

「さ、しっかり掴まって。ひとっとびであの出口をぶっ潰して、出ていくわよ！」

「いや、ひとっとびって、そんな……」

ひと跳びで、あれだけ遠い割れ目に届くはずがないだろう。

クリスは冷静に彼女を宥めようとしたが、声は届かなかった。

「それじゃあ、い・く・わ・よおぉーっ！」

何故なら、カムナの足がジャッキの如く上下に割れ、わずかに伸びたかと思うと、たった一回の跳躍でクリス達ごと跳び上がったからだ。

「おわあああああぁぁーっ!?」

『コォーンっ！』

跳んだ、どころではない。

飛んだ、と表現した方がいいだろう。

さっきまで自分達がいた地面の全てを、風圧で吹き飛ばすほどの力。

周囲の風景が一瞬で過ぎ行くほどの速度。

それらを兼ね備えているのだから、カムナが脱出できると言ってのけたのも納得できる。

こんな力を持っているのだから、もはや疑いようがない。彼女は謎の兵器だ。少なくとも、人間ではないはずだ。

たちまち、二人と一匹は出口へと近づく。

暗い闇からの脱出口は目の前だが、明らかに人二人が通れるほど広くはない。このままでは激突して暗黒に逆戻りだが、カムナはその対策手段すら持っていた。

彼女が右拳を強く握る。みしみしと、金属が密集する音が響く。

そうして思い切り腕を引いて、力をこれでもかと込めて――。

「でりゃあああぁっ！」

カムナが雄叫び(おたけ)びと共にかち上げた拳は、割れ目を物理的に押し広げた。

天井を打ち砕き、二人が通れる以上の出口を創り上げたのだ。

こうして飛び出したクリスとカムナは、勢いそのままに地面へと転がり込んだ。

少しだけ痛みが奔ったが、ごろりと仰向けになったクリスは果たして生き延びて、無事に穴から脱出できたのだ。隣にはもちろん、コネクトもついてきていた。

「……よかったぁ……」

心底安心した声が、クリスの口から漏れた。

第二章　ダンジョン道中

「……い……生きて……で、出られたんだ、俺達……」

「そりゃそうよ。どう？　あたしのこと、ちょっと見直した？」

仰向けになって呟くクリスの視界を、カムナの顔が遮った。

どうにか起き上がったクリスとは違い、カムナはぴんぴんしている。

自らをアームズと名乗るくらいなのだから、動力はともかく、恐らく体力も無尽蔵なのだろう。

自信満々の顔で、半ば呆れているクリスに自慢をするくらいには、彼女は元気いっぱいだ。

「……見直したけど、それどころじゃない。奴らが騒音を聞きつけてきたみたいだ」

だが、クリスは既に彼女ではなく、迫る第二の危機に目を向けていた。

彼の視線が自分に向いていないと気づいたカムナは、目を細めながら振り向いた。

そこには、闇の中から這い出る、異形の存在が集まっていた。

二足歩行のそれは緑色の肌をしていて、気味悪いほど大きい腹を揺らし、骨ばった手足を生やしている。黄色の丸い目を有する頭には、つるつるの皮膚から直接生えてきたかのような鋼色の兜。

背丈はクリスの半分くらいで、いずれも剣や手斧を握っている。

どう見ても友好的な顔をしていない連中を見て、カムナは嫌悪感を露わにした。

「何、こいつら？　うじゃうじゃ集まって、キモいわね」

「……『小鬼兜』だ。ゴブリン、なんて呼ぶ人もいる」

クリスは、それらがいかに危険であるかを知っていた。駆け寄ってきたコネクトを肩に乗せ、彼は続ける。

「このダンジョンに生息してる魔獣だよ。鋼でできた頭の兜が特徴的で、群れで人を襲う……これだけの数だと、とてもじゃないけど逃げ切れない……！」

彼にとって魔獣の危険度を測る上で重要なのは、その質よりも、数である。

闇から這い出た小鬼兜――ゴブリンとやらは、どう計算しても十四はくだらないだろう。

『コ、コンコン！』

明らかに敵意と略奪心を剥き出しにした敵を前にすれば、普通は逃げるか、許しを請うべく捧げものを与えるのが定石だ。コネクトが危機を前に威嚇するのも、仕方ないのだ。

ところが、今回ばかりはそうではなかった。

「あのね、あたしがいるのを忘れてないかしら？」

ゴブリンとクリスの間に、愛犬のような調子から、あらゆる敵を屠る猟犬へとすっかり顔つきを変貌させたカムナが立つ。

金属音と共に指の関節を鳴らす彼女は、クリスに背を向けたまま言った。

「こいつらが何者かは知らないけど、物騒なものを振り回して近づいてきてるってことは、敵って認識でいいのよね？　じゃあ、クリス、命令をちょうだい」

「命令？」

「そうよ。さっきと同じで、あたしにどうしてほしいかを言えばいいの。ほら、早く！」

小鬼兜どもは、今にも二人を蹂躙しようと迫っている。

ならば、クリスに迷う理由はなかった。

「……倒してくれ。集まった魔獣が、戦意を失うまで！」

「オッケー！　さあて、かかってきなさいよ、ゲテモノ野郎ッ！」

彼が命令し、カムナが構えて、小鬼兜が一斉に襲いかかってきた。

『ギュアアッ！』

最も近くにいた敵が、カムナめがけて手斧を振るう。小さな体躯に似合わない、誰かを殺して盗んだような斧の一撃を、彼女は金色の髪をなびかせてひらりとかわす。

「遅いっての！　どおりゃあぁッ！」

そして、お返しと言わんばかりに、突き出た腹を思い切り殴りつけた。

ただし、並のパンチではない。穴から脱出した時のように、彼女の手首からせり出したシリンダーが拳を飛び出させて、威力を加えて怪物に直撃させたのだ。

『ガブウゥ！』

『ギャウ、グギャア⁉』

そんな一撃をくらえば、いかに魔獣とてただでは済まない。腹に風穴の開いた小鬼兜は他の仲間を巻き添えにして、遠くまで吹き飛ばされてしまった。

たちまち警戒し始める敵の前で腕を前後運動させる彼女に、クリスが目を丸くする。

「カムナ、その腕……！」

「ああ、さっきも見たでしょ？　あたしの両手足は伸び縮みするのよ。ピストンみたいな動きで威力を高めてるってわけ。というか、修理してる時に気づかなかった？」

「そりゃあ気づいてたけど、実物を見ると……危ないっ！」

何気ない談笑を遮る小鬼兜の攻撃を、彼女は目視せずにかわす。

「おっと！」

再び彼女が放った殴打は、頭を守る硬い兜に命中した。人であれば指の骨が砕けそうな音がしたが、カムナのパンチは兜を砕き、内側をも抉ってみせた。

魔獣が猛攻を仕掛けようとするが、カムナの前では何匹いても大差ない。殴り、蹴られ、怪物だった残骸が増えるだけだ。

カムナの足が地面に這いつくばる小鬼兜の頭を、鋼もろとも踏み砕いて絶命させた頃には、魔獣は半数以下まで減ってしまっていた。

「よし、ほとんどぶちのめしてやったわね。それじゃあ、とどめに、っと」

流石に眼前のそれがただの人間ではなく、自分達に近い存在であると理解し始めたらしい有象無象は、ガチャガチャと兜を鳴らして騒ぎ立て、狼狽える。

「あんた達、あたしの主人にこれ以上手ぇ出すなら、徹底的にぶっ潰すわよ」

そんな様になるのを狙いすまして、カムナはきっと敵を睨み、唸るように告げた。

その威圧感は可愛らしい外見からは想像もつかないほどで、怪物の戦意を削ぐには十分すぎた。

『……ギュ、ギュイ！』

『ギギィ、ギィ！』

蜘蛛の子を散らすように、小鬼兜の群れはわっと逃げ出した。

たちまち洞穴の奥に姿を消した群れを見つめていたクリスとカムナは、魔獣が完全に襲ってこない範囲に行ってしまうまで目を逸らさなかった。

他の怪物は茂みや岩の陰に隠れてこちらを見ているが、攻撃を仕掛けては来ないようだった。

どうやら、クリスの命令した通り、カムナは敵の戦意を喪失させられたようだ。

彼女はクリスに向き直り、泥や土汚れも構わず、ぼろ切れを翻して笑顔を見せた。

「逃げてったわね。これで命令遂行完了よ、クリス！」

今更ではあるが、彼女はとんでもない強さを秘めている。

何の為にあそこにいたのかはともかく、あれだけの数の魔獣を単身で撃破してのけた実力は、やはり確かなようだ。

「……威圧で魔獣を追い払うなんて、本当に凄いな、君は……」

「これくらいは当然よ。なんてったって、あたしはカムナオイノカミだもの！」

素直に尊敬するクリスに対し、カムナも素直な感情で応えた。

気の迷いで直しただけなのに、ここまで信頼してくれるというのはどうにも照れくさかったが、クリスの気持ちも不安から安堵（あんど）へと変わりつつあった。

理屈はともかく、頼られているのなら、クリスは頼るという気持ちで返したかった。

「……ありがとう。じゃあ、出口に向かおうか」

「そうね、行きましょ！　どこに行くのかさっぱりだけど！」

「それは歩きながら教えるよ。聞きたいことも全部、ね」

小さく頷いたクリスはコネクトをリュックに戻し、カムナと共にダンジョンを歩き始めた。

『ダンジョン』。『魔獣』。『探索者』。『技術士』。

これから彼は、彼女の知らないことを教えてあげなければならない。

全てを語り終える頃には、このダンジョンを脱出できるだろうと、彼は思った。

◇◇◇◇◇◇◇◇◇

「――なるほどね。だいたい分かったわ」

明かりで前方を照らしながら、クリスとカムナはダンジョンの通路を歩いていた。

道中で魔獣には遭遇しなかったし、見かけることもなかった。

元よりこのダンジョンでは怪物の目撃例が少なかったが、もしかしたらカムナが周囲にプレッシャーをかけてくれているのかもしれないと、クリスは思った。

「つまり、世界中にいきなり『ダンジョン』ってのが発生して、そこの貴重品目当てに探索者(シーカー)って仕事ができた。けど、中には魔獣がいて危険だから、そいつらをぶっ倒す為のアームズを魔獣から造る技術士(エンジニア)がいる、ってことね。じゃあ、その狐もアームズなわけ？」

「ううん、コネクトは修理用のツールだよ」

『コーン』

幸い、ひたすら続く通路を進む中で、カムナにこの世界について話す時間はあった。彼女は呑み込みが良い方で、クリスの説明をすんなりと受け入れてくれた。

この世界には、ダンジョンと呼ばれる迷宮が無数にある。

それらを調査する探索者と、統括するギルドが存在する。

ダンジョンには鋼の体を持つ怪物である魔獣がいる。

これを倒す為に鋼を剥がしてアームズという武器を造り、また修理する技術士がいる。

かいつまんだ説明だが、カムナには十分だったようだ。

「探索者は技術士以外にもいて……えっと、騎士(ナイト)とか、魔法使い(ウィザード)とか、武闘家かしら？　どれもこれも、元は探索者じゃなくて別の仕事に就いてたけど、転職してきたって言ってたわね」

「うん。他の質問は、街に戻ってから答えた方が分かりやすいと思うから、また答えるよ」

もちろん、話しても話し切れないほど、多くの質問があった。探索者の職業の詳細やアームズの造り方、パーティーの存在についても、カムナは疑問に思っていた。

確かに、イザベラやジェイミー達のように探索者の中でも職業は細分化されている。

それから国家や地理の情報、人種や言語にも差異もあるが、全ては答え切れなかったし、知らない点もあったので、クリスはまたの機会に話すことにした。

加えて、彼がカムナに聞かれたのは、どうしてあんな穴の下に落ちてきたのかというところ。これに関しても、クリスは包み隠さず話した。

とはいえ、役立たずが殺されかけた、ただそれだけの話だったが。

「それにしても、そんな貴重な人材を殺して置いていこうとするなんて、バカな奴らね。あんたが所属してたパーティーの、イザベラとかってのは」

彼女が腕を組んで義憤に駆られるのは、イザベラ達の暴挙についてだ。

貴重な技術士を捨てる。しかも、散々罵倒した末に殺そうとするなど、彼を主とした今のカムナとしては、首をへし折ってやりたいくらいの横暴だった。

金色の瞳を爛々と輝かせて苛立つ彼女とは裏腹に、クリスは諦観した様子である。

「俺の実力不足ってだけだよ。それに、俺よりも腕が立つうえに実績もある技術士は掃いて捨てるほどいる。両目の色が違うことだって、気味悪がられていたしね」

彼はあくまで自分に非があると考えていた。カムナからすればそんなはずはないのだが、クリスの性格の問題もあるのだろう。

「だからって……」

「それよりも、カムナ。『アメノヌボコ』を探してるって言ってたけど、それはどこにあるのかな？」

クリスが露骨に話題を変えたのは、きっとイザベラの名を聞きたくないからだ。

「あー、穴の中でも言ったけど……実はあたし、全然記憶がないのよね」

カムナも、彼が持つカンテラが揺れたのを見て心中を察し、やや不満げながら言った。

「アメノヌボコについて？」

「そう、自分がどうしてあそこにいたのかも含めてね。『ダンジョン』ってのに隠してあるアメノヌボコって名前の何かを探すように誰かに言われて、出てきた怪物を全部ぶちのめして、意識を失ったの。それ以外は、何をしてたか全く思い出せないのよ」

「記憶喪失とか？」

「かもしれないわね。ま、今はあんたの武器……もといアームズなんだし、アメノヌボコは気長に探すとするわ。焦ったって、すぐに見つかるものでもないでしょうしね」

この様子だと、彼女の正体を知ろうとするのは無理な話だろう。

アームズ修復の技術で直せた少女。体を改造されているのに、人間のように考え、想える少女。手足をジャッキの要領で伸ばせる、怪力を持つ少女。

そして、アメノヌボコと呼ばれる何かを探し求める少女。

何もかもが謎に包まれているのに、追求しようとすらしないカムナに、クリスの方がかえって興味がわいていた。元より探求心が旺盛で、特に自分の職業に関わる疑問を放っておけない質のクリスは、歩きながらカムナに聞いた。

「……ねえ、カムナ。俺にも、君の手伝いをさせてくれないかな？」

「手伝いって、アメノヌボコを探すこと？」

カムナがクリスを見て聞き返すと、彼は黒と紫の右目で見つめ返した。

「うん。アメノヌボコっていうのが何なのかは分からないけど、ダンジョンにあるのが確かなら、いずれ見つかるかもしれない。物探しをするなら、一人よりは二人の方がいいんじゃないかと思ってさ」

「いいの？　記憶もないし、どこにあるかもさっぱりなのに？」

「俺の目的だってそうだよ。あてはないけど、いつかは見つかると思うしね」

クリスの好奇心と素直さは、彼の優しさに直結していた。

そうでなければ、どこにあるのか、存在するのかすら怪しいものを見つけようなどという話に乗りはしないだろう。

だから、クリスは人助けの延長程度の気持ちで提案した。ひとえに助けてくれたことへのお返しとの思いだったが、カムナにはやや大袈裟な形で伝わったようだ。

「……ありがと。あたしを直してくれたのが、あんたで良かったわ」

彼女が口を少し尖（とが）らせて、照れているのを隠すようにそっぽを向いたのに、クリスは気づいた。

ただ、どうしてそんな態度を取ったのかまでは理解できなかった。

（随分と気に入られてるな、俺って。直しただけでこんなに慕（した）われるものかな？）

せいぜい気に入られているだけ、程度の認識しかないクリスのことを、自分を救ってくれた王子様のように見つめるカムナは、また話題を変えた。

「そういえば、クリスはどうして探索者になったの？」

それはクリスがここにいること自体への疑問でもあった。

「え？　俺が？」

「他の探索者のアームズを直すだけなら、探索者にならなくてもいいじゃない。パーティーに一人いるのは便利だけど、わざわざ一緒にダンジョンに行く理由はないわよね？」

街で探索者を待っていても、技術士（エンジニア）の仕事は果たせる。

ダンジョンという危険地帯に赴くのならば、欲しいものがあるか、命知らずか、またはパーティー内で強制的に連れていかれているかのいずれかだ。

カムナはもし、イザベラが無理矢理彼女を連れていっていたのなら、彼女を探し出して報復してやるつもりだったが、返ってきたのは意外な言葉だった。

「……まあね。俺がダンジョンに挑んでいるのは、ある人を探してるからだ」

「ある人？」

「……シャロン・オロックリン。俺の姉さんだよ」

彼は少しだけ足を止め、静かに思い出した。

クリスがいつでも追いかけているのは、姉の後ろ姿だった。

「俺の家系……オロックリン家は代々何でも物を直す『修理屋』を営(いとな)んでたんだ」

ぽつり、ぽつりと語り出した彼の口調は、先ほどまでと少しだけ違った。

街と呼ぶには発展しておらず、村と呼ぶには発展しすぎている地域。田舎と言った方が良いだろうか。そこでクリスは、父と姉と一緒に暮らしていた。

生まれも育ちもその地域で、他の村や街に向かったことは、修理依頼以外ではほぼなかった。

彼の実家は常に忙しく、外出する余裕などなかった。

クリスの父親を頼りにして修理依頼に来る探索者は多く、彼が知る父はいつでも工房に引きこもっていて、アームズや鎧、魔獣の素材と向き合っていた。

「ダンジョンが近くの街に発生してからはすぐに技術士に転職して、地元じゃまあまあ人気だったよ。特に父さんと姉さんの腕は凄かった。それこそ人気者だったし、手伝ってる俺もはじめは目の色のことを恥ずかしがってたけど、気にしなくなるくらい忙しかった」

「目の色って、家族も同じでオッドアイなの？」

「いや、俺以外の家族は両目とも黒だよ。父さんも姉さんも、気味悪がりなんてしなかった。お客さんも、父さんを随分頼りにしてたから、俺の目の色のことは何も言わなかったんだ」

ただ、彼が父の黒い瞳を最後に見たのは、かなり前のことだ。

「けど、俺が十三歳の頃、父さんがいきなりいなくなった。自分には役割があるだとか言い出して……俺が今使ってる工具を置いて、次の日の朝には姿を消してた」

「十三歳？　あんた、今はいくつなのよ」

「十六だよ。それで、俺は地元の修理屋を姉さんと一緒に受け継いだ」

父がいなくなっても、仕事は続いた。

姉と二人で、技術士としての務めを果たすべく、店を切り盛りした。

しかし、そんな日々も長くは続かなかった。

「俺の腕は到底父さんには届かないけど、必死に追いつこうと頑張った。姉さんとも一緒に、必ず父さんが帰ってくるまで耐えようって約束した。でも……姉さんも……」

「いなくなったのね？」

カムナの言葉に、クリスは頷いた。

「……去年のことだ。姉さんも急に、様子がおかしくなった」

いつものように修理に励んでいた自分の後ろから聞こえてきた言葉を、彼は今でも忘れていない。

毎日と同じ挨拶かと思えば、彼女は静かにこう告げたのだ。

『クリス。お姉ちゃんね、お父さんを探してくる。ダンジョンに行ってくる』

振り向いた時には、既に姉の姿はどこにもなかった。

我に返ったクリスは店を飛び出し、辺りを一日中探し、必死になって故郷の外に少しだけ出て彼女の名前を呼び、そうして姉が完全にいなくなったのだと気づかされた。

父も、姉も、姿を消した。

「今までダンジョンの話なんてしたこともなかったのに、ある日いきなりそう言っていなくなった。それで、俺は耐えられなくなって……」

「お姉さんを探す為に、同じ探索者になった、ってわけね」

カムナの言う通り、クリスは探索者になった。

唐突に天涯孤独の身になったクリスが、大人しく二人の帰りを待つはずがなかった。

シャロンの失踪から一年も経たないうちに店を閉めて、コネクトとありったけの工具をリュックに詰め込み、わずかばかりのお金を握って、故郷から馬車で何日分も離れた都会に来た。

そうして技術士として『エクスペディション・ギルド』に登録して、イザベラ達にスカウトされて、今に至るのだ。

「……ただの田舎者が、姉探しの為に、半端な知識だけを抱えて都会に来た。イザベラ達にとっちゃ、きっと都合のいい技術士に見えたんだろうな」

傍（はた）から見れば、無謀な青年が、間抜けにも金持ちに利用されただけ。別段珍しい話ではないし、そんな話はそこらにいくらでも転がっているだろう。

イザベラ達も、単なる使い捨ての道具程度にしか思っていないはずだ。

クリスもそれを知っているからこそ、自嘲気味に笑った。

「そうね。けど、そいつらはあんたの本質なんてまるで見えてなかったんでしょうね」

「俺の本質？」

もっとも、カムナはそんなふうには考えなかった。

彼女がレンズの入った瞳で見つめるクリスには、他の有象無象には見えないものが映っていた。

彼の冷めた目の奥に潜む、優しさと勇気だ。

「ええ、あたしには分かるわ。蒸発した相手を恨まず、深入りせず、ただ身を案じて追いかけてきた。あたしを直した理由と同じ……クリスはやっぱり、いい人なのよ」

「お人好しって意味なら、それは当たってるよ」

斜（しゃ）に構えたクリスの自虐に、カムナは真摯な怒りを見せた。

「違うわよ！　本当の意味で優しい、カッコいいやつってこと！　コネクトもそう思うでしょ？」

『コォーン！』

カムナが問いかけると、リュックから顔を出したコネクトが鳴き声を上げた。

「よし決めた！　あんたがアメノヌボコを探すのを手伝ってくれる代わりに、あたしもクリスのお姉さんを探すのを手伝ってあげるわ！」

彼女はクリスが予想だにしなかった提案までしてのけた。

「はは、どうしてそうなるのさ」

クリスは一瞬だけ目を丸くしたものの、すぐに嬉しそうな顔で笑い声を上げた。

彼が自分の思いをなかなか素直に受け取ってくれないのが、カムナには不思議だった。

だが、クリスにしてみれば、彼女のような相手は初めてで、受け止め方が分からなかったのだ。

仕事ができなければ人と違う目をねめつけ、仕事をしても無能だと言って殺そうとする連中とは、カムナはまるで違った。

クリスにとっては、家族以外から向けられる初めての、素直な愛情だった。

「だって、直してもらって、手伝ってもらってなんて、されてばかりじゃ心苦しいじゃない！　あたしはクリスのアームズなんだし、これくらいするのが当然――」

どうにもクリスの感情はふわふわとしていて掴み取れない。

何とか思いが伝わるように、カムナがクリスへの正直な感謝を口にしようとした時だった。

『シャギャアアアァアーッ！』

通路の向こう側から、頭が異様に大きな鹿のような怪物が突進してきた。

鋼に覆われた頭部と口からは、とてつもなく長い角と牙がそれぞれ一対生えている。先端が血と泥で汚れていることから、それをどのように用いるかは明白だ。

そんな奇怪な生物が鼻息を荒くして突っ込んでくれば、普通は逃げ出すか、もしくは恐怖でへたり込んで死を待つだけだ。

しかし、クリスもカムナも、魔獣の襲撃にはすっかり慣れていた。

「クリス、こいつは？」

「『双角』。鋼の牙と角で、辺りにいる生き物を手当たり次第に貫く魔獣だ」

「どうすればいい？」

「……ダンジョン脱出の邪魔だ。やっつけてくれ、カムナ」

「りょーかいっ！」

クリスの静かな指示を聞いて、カムナはにっと口の端を吊り上げたかと思うと、ガシャンと腕を鳴らし、魔獣に突撃した。


――こんな調子で、地上へと向かうダンジョンの『逆進行』はとんとん拍子で進んだ。

ここが世界中に点在するダンジョンの中でも比較的探索難度の低い場所であるのもそうだが、カムナの性能は並大抵の魔獣では歯が立たなかったのが、最も大きい要因だ。

先ほどの小鬼兜程度であれば、まず一撃で叩き潰す。狭い通路で二人を突き殺そうとした『双角』は、カムナに角を掴まれ、自身の脳髄に角を突き刺されて絶命した。

もちろん、クリスにも役割はあった。リュックの中に詰めてある地図を開き、それを頼りに出口へと進む。その過程で、彼は魔獣の鋼の部位を集めていた。

「何に使うの、それ？」

「ダンジョンで手に入れた素材は、ギルドが引き取ってくれるんだ。工房を借りて加工すれば、俺が君やアームズを修理する時の部品にもなるしね」

カムナは首を傾げたが、クリスは変形したコネクトを手にして、慣れた手つきで怪物の一部を削り、引き抜いて、リュックの中へと押し込んだ。

魔獣が襲いかかってくるたびに、彼は丁寧に素材を集めていたので、出口が見えてくる頃にはリュックが悲鳴を上げていた。


そうして何度か休憩を挟み、地上を目指してから丸一日が経っただろうか。

「――よーし、脱出成功よーっ！」

地面から不自然なほど綺麗に生えている扉から、クリスとカムナが這い出てきた。

青い空、背の低い草がどこまでも広がる平原。薄暗いダンジョンと繋がっているとは到底思えないほど美しい自然が、そこには広がっていた。

ダンジョンの出入り口は自然発生したにもかかわらず、そこには人の存在を探知して自動で開閉する扉が存在する。どうしてなのかを誰もが研究していたが、謎は結局謎のままで、今は「そういうもの」だと認識されている。

さて、クリスには泥汚れや穴に落ちた時の傷が残っているが、カムナは完全に無傷だ。道中で彼が簡単なメンテナンスをしたおかげもあって、扉を蹴破るようにして出てきた彼女は、驚くほど元気だった。

「無事に外に出られたわね！　ま、あたしがいるから当然だけど！」

「うん、まさか生きて帰れるとは思わなかったよ……素材も集まったし、カムナには感謝してもしきれないや。今更だけど……ありがとう」

「気にしないでいいわよ！　あんたのアームズなんだし、これくらいは当然よ！」

晴れた空と平原、そして誰かが整備したかのような柵で覆われた扉。それらのある地上に帰還できたのが、クリスはいまだに信じられない様子だったが、ようやく大袈裟に胸を撫でおろした。

彼の肩に乗っかるコネクトも、ふう、と安堵の息を漏らした。

自慢げに胸を叩くカムナは、ふと、クリスに聞いた。

「でも、クリス？　気になったんだけど、あんたって戦う手段はないの？」

「手段？」

「いや、戦えってわけじゃないのよ？　さっきの敵くらいならあたし一人でも余裕だし。けど、自衛手段もないんじゃ、あまりにも不用心っていうか……」

クリスが外に出るまでに遭遇した魔獣は、全てカムナが撃退した。その間、彼はずっと彼女の後ろにいて、戦闘に加わろうとはしなかった。

今回は積極的に守ってくれる者がいたから良かったが、以前のように杜撰に扱われていた時はどうしていたのか。あるいは、一人になってしまった時はどうやって身を守るのか。

カムナは彼を絶対に守ると決めた反面、緊急時のことを気にかけていたのだ。

「……あるよ」

ダンジョン特有のひとりでに閉じていく扉から離れつつ、クリスは静かに答えた。

己の持つものを否定する、暗い声だった。

「技術士は基本的に戦闘技術を持たない人も多いけど、俺にはある。姉さんから教わった、オロックリン家にだけ伝わる戦い方が」

「使わないの？」

「俺は技術士だ。直す手で、何かを壊すことはなるべくしたくない」

「……そっか」

そんな技術があるのなら、どうしてこれまでの道中で使わなかったのか、とカムナが疑問に思うのは当然だ。クリスも察しているが、信条に反すると言うほかなかった。

「なら安心しなさい、あたしが代わりに敵をぶっ飛ばしてあげる！　このカムナオイノカミに任せておけば、一切合切全部安心なんだから！」

そしてカムナは、彼を軟弱だと罵るような仲間ではなかった。

胸をどん、と強く叩いて彼女は誇らしげに宣言した。

自分にここまで優しく接してくれることが嬉しくて、クリスは小さく微笑む。その顔は、明るい陽の光の下にいるのも相まって、一層朗らかに見えた。

「……ありがとう、カムナ。ダンジョンで君と出会えて、本当に良かった」

「そうでしょそうでしょ、もっと頼っていいのよ！　それにしても……」

主人に信頼されているのが相当嬉しいと見えて、カムナはまるで犬のように喜んでいたが、今度はきょろきょろと忙しなく平原を見つめ始めた。

「これが外の世界……クリスの言った通り、あたし達がさっきまでいたのは、地下のダンジョンだったってわけね。相変わらず、何にも思い出せないけど」

「地上にもダンジョンはあるけどね。記憶が戻らないなら、焦ることもないさ」

クリスは落ち着いた調子で、リュックを背負い直した。それから、少し遠くに見える砂色の一本道を指さした。

「とりあえず、幾つか村を経由して、『ホープ・タウン』に戻ろうか」

「『ホープ・タウン』？」

「探索者が集まる、『エクスペディション・ギルド』を中心とした、ロンド帝国の一番東にある街だよ。少し距離はあるけど、俺はそこから来たし、一番近くて大きな街だ」

簡単な説明をしながら柵の外に出たクリスだが、不安な要素もあった。

（といっても、『高貴なる剣』からは追放されたし、泊まらせてもらっていた宿は使えないだろうな。そもそも、もしも向こうで鉢合わせたら……）

自分はイザベラ達『高貴なる剣』に追放され、あまつさえ殺されかけた。

彼女達もホープ・タウンに宿を取っており、無事にダンジョンを脱出できているなら、恐らく向こうで出会うだろう。

鉢合わせたら、どんな顔をするだろうか。怒りか、憎しみか、落胆か。

いずれにしても、クリスにとってはとても考えたくない内容だった。

（……考えるのはよそう。今はカムナもいるし、いざとなれば――）

彼は首を横に振って不安をしまい込み、心の闇を覗かせる。

（解体するだけだ。できるだけ、使いたくはないけどね）

修理するのとは正反対の行い。

しかし、ある意味ではクリスの天性。

好奇心旺盛についてくるカムナは、何も言わずに歩き出したクリスの冷たい目を見なかった。

だが、彼の進む道こそが自分の歩む道であると疑わない彼女が隣にやってきて笑いかけると、彼のどす黒い感情は、少しずつ薄れていった。

気を取り直して、クリスはカムナに何でもない話題を振る。

「ホープ・タウンに行く前に、まずは服を行商人から買わないとね」

「え、何で？　あたし、これ結構気に入ってるわよ？」

「……あの、目のやり場に困るんだ。君はアームズだけどさ、肌の露出が……」

キョトンとするカムナには、クリスの感情の機微はあまり理解できなかった。

とにもかくにも、修理と戦闘と脱出を経て友情を育んだ二人は、たわいもない会話をしながら平原を歩き出した。

目指すはずっと東方に見える大きな街——探索者の街、ホープ・タウンだ。

第三章　オロックリン流解体術

クリス達が目的地とするホープ・タウンは、今日も探索者で賑わっていた。

ここはロンド帝国東部にある、近年のダンジョン探索の需要に伴って急遽建造された街だ。

歴史は国内でも短いが、探索によってもたらされた最先端の技術、魔獣の素材を求める行商人が多く行き交う点も含めて、最も目覚ましい成長を遂げている。

また、探索者達とダンジョン調査を依頼する者とを取り持つ『エクスペディション・ギルド』の存在も、ここを探索者の街たらしめている。

探索黎明期から頻発していたダンジョン内での犯罪や、無許可の探索者の増加。

報酬制度がない状態での素材相場の崩壊。

それらを防ぐべく、帝国側が加入を義務付けた組織がエクスペディション・ギルドである。街の中央に鎮座する巨大施設の全てが、なんとギルドに関連する建築物だ。

特に真ん中の大きな建物は、カフェと受付カウンターが一つになっていて、街の人々の憩いの場にもなっている。

そんなエクスペディション・ギルド本部に入ってきたのは、ここ数日街を騒がせている名家出身の探索者、イザベラ率いる『高貴なる剣』だ。

「おい、噂の『高貴なる剣』だぜ」

「実力を見込まれて、特例で登録と同時にAランクになったたって？」

「成果は見てねえが、あの出で立ちだ。さぞ強いんだろうよ」

騒めく探索者達の言う通り、彼女達はつい三週間ほど前に探索者登録をしたのだが、その時点でAランクを付与されたのだ。

普通ならば何年も探索を続けてようやく得られる地位を初日に獲得したのだから、現時点での周囲の評価は非常に高い。

ちなみにパーティーや探索者のランクは、過去の実績やダンジョンの踏破数で決まる。ギルドに個人情報や経歴を登録すると与えられるこれは、いわば実力の指標のようなものだ。

通常最底辺のEランクから始まり、最高はSランクとなる。

その中でもトップクラスのAランクを手に入れた彼女達は、まだ探索で力を示してこそいないが、きっと凄まじい力があるのだろうと思われていた。

実力を見ていなくとも、Aランクであるというだけで畏敬の念を集める。

称号とはそういうものなのである。

「はっ。俺様達がホープ・タウンに来てひと月も経ってねえが、まだ話題を独占してるとはな。人気者はつれえなぁ」

嫉妬と羨望のまなざしを向ける同業者や受付カウンターのスタッフをちらりと見つつ、三人は近くのテーブルに座った。

唯一の男性メンバーであるジェイミーはまんざらでもないのか、大袈裟な身振り手振りで、これ見よがしに大声で自慢してみせる。

「それに伴う実績が早々に欲しいところね。数日前の洞窟みたいなダンジョンに行っている余裕はないわ、最低でもBランク以上のダンジョンで成果を上げないと」

「問題ねえよ、実家での探索訓練じゃあ常に教師の予想を超えてたんだからな！」

「魔獣も敵ではありません。実績を民衆に見せるのも、すぐの話です……」

ジェイミーとパルマの言葉に、イザベラは静かに頷いた。

彼らはたたき上げの探索者ではなく、広い実家の庭で専門のトレーナーから訓練を受け、資格を得た非常に珍しい例だ。全くいないわけではないものの、指で数える程度である。

三人とも担当した者から極めて高い評価を貰っていたし、自分の実力をまるで疑っていない。

あとは、それに見合った偉大な武器を手に入れるだけだと思っていた。

「それよりも、お前。一昨日頼んだアームズを造ってきたんだってな？」

その為の人材としてクリスがいたのだが、今は必要ない。

何故なら、彼らの後ろに、へりくだった調子の中年男性がいるからだ。彼がクリスの代わりに集められた人物だった。

彼の手には、取っ手のついた、長く大きな木製の箱が握られている。

クリスが持っていたような工具を背負っている辺り、彼もまた技術士（エンジニア）なのだろう。

実のところ、クリスがパーティーからいなくなっても、周囲は気にしていなかった。

イザベラは「クリスがダンジョンで無茶をして死に至った」としかギルドに伝えていなかったし、ほとんどの人はそれを鵜呑（うの）みにしていた。

「早速、見せてもらおうじゃねえか。聞けばこの街じゃかなりの腕前ってらしいしよォ、俺様が気に入ったら正式に雇ってやるぜ」

「は、はい！　あのアルヴァトーレ家とマイヤー家の方々にふさわしい素材を使い、実用性に長（た）けたものをお持ちしました！　どうぞ、こちらを！」

さて、ジェイミーが挑発的に指示すると、男はにこにこと作り笑いを浮かべながら、イザベラ達の前に箱の中身――剣と杖、ピストルを取り出した。

これらはいずれも、探索者用に造られたアームズだ。

魔獣の素材を使ったアームズは、人間の技術だけで製造した武具と違い、非常に性能が高く、様々な機能が付与されている。

また、魔獣の素材に由来する特殊な攻撃や防御――すなわち魔法を使った戦闘も可能となる。どれも人知を超えた凄まじい力だ。

「ほお……」

「ふうん、これが新しい私のアームズ、『ブレイド・オブ・アルヴァトーレ』ね。素材は最高級カネイチイ木材、『剣熊』の腕の鋼を三重に重ねて……」

ピストルを掴んだジェイミーを筆頭に、パルマが杖を、イザベラが剣を手に取る。どれもこれも豪華な装飾が施されていて、貴族のアームズにふさわしい見た目だ。

イザベラ達は一瞬だけ、素晴らしい技術だと技術士を認めようとした。

しかし、一瞬にして怒りと失望が取って代わった。

「……これは、何のつもりなのかしら？」

「へ？　何がって、貴女のアームズをぶぐっ」

周囲の目も構わず、イザベラは技術士をビンタした。頬を押さえ、鼻血を拭こうともしない彼の前に立ち、彼女は桃色の髪を揺らし、憤怒の形相を見せた。

「私を舐めているの？　軽すぎる、鈍すぎる、汚すぎる。あれだけの金を払わせておいて造ったものがこれだと言うなら、アルヴァトーレ家の最高傑作である私、イザベラ・ド・アルヴァトーレに対しての侮辱に等しいわ」

イザベラが怒る理由は単純。アームズの出来が、彼女の求める域に達していないからだ。

「そ、ぞんな、つもりじゃ……」

もちろん、彼も手を抜いたわけはない。むしろ、貴族との繋がりを期待して最高の仕上がりにした。驚いて静かになった群衆も、質はかなり良いと判断したようだ。

技術士の男は否定したが、パルマやジェイミーも、イザベラと同意見だ。

「私のも……醜いです。こんな水晶の輝きでは、魔法も使えません」

「おいコラ、俺達が誰か分かってんのか？　エクスペディション・ギルド史上最速でAランクの称号を獲得した『高貴なる剣』だぞ？　そのアームズをてきとうカマして渡すってのは、命が惜しくねえって意味だと思っていいんだよなァ!?」

二人はさっきまでの喜びをそのまま怒りに反転させたかのような、苛立ちに満ちた表情を見せている。

特にジェイミーの態度は酷く、技術士の髪を掴んで怒鳴り散らした。

周囲の探索者達が何も言わないのは、ひとえに厄介ごとに関わりたくないからだ。彼女達がAランク探索者であるからといって、人格者であるとは限らない。

「違います、違います！　わたくしの持てる技術全てを注ぎました、信じてください！」

「……はぁ……とにかく、こんなアームズは使えないわ。代わりに、これを修理しなさい」

男が泣きながら弁明すると、イザベラは渋々ながら納得したようだ。

彼女は剣をテーブルからはたき落とすと、代わりに自分の腰に提げていた剣を置いた。泥や土で汚れ、血糊が酷く、自分で手入れをしていないのが一目で分かる。

「前の技術士がいた頃に使っていたものよ。貴方が造ったものを持ってダンジョンに行くよりはずっとまし。さあ、今日中に仕上げなさい」

彼女に命令された技術士は、慌ててそれを掴み上げ、眺めた。

無能な男は消え失せろというニュアンスでイザベラは告げたのだが、どういうわけか技術士は動かない。

「……どうしたの？　さっさと行きなさい、目障りよ」

苛立った調子で彼女が問うと、男は鼻血を拭うのも忘れ、顔を上げて言った。

「――無理です」

「は？」

「これを元と同じ状態に戻せなど、絶対に無理です！　ここまで高い技術力での修理、改善、調整が成されているアームズを、わたくしは見たことがありません！」

彼の顔は、同業者への嫉妬と、驚愕すべき技能への尊敬でいっぱいだった。

だが、『高貴なる剣』の面々がそれを認めるはずがない。

「おいおいおい、冗談ぶっこいてんじゃねえぞ。このジェイミー様の前で……」

「冗談ではありません！　魔獣の素材と木材、鉄材との接合、エネルギーの循環、外見の美麗さと取り回しのバランス、どれをとっても一級品！　もしも、もしもこれを誰かが常に調整してきたなら――」

ジェイミーが銃を投げ捨てて、技術士の胸倉を掴むが、彼は訂正するどころか、絶対に自分ではこの領域にたどり着けないと断言する。

「——その技術士は、紛れもなく天才です！」

天才。そうとしか、この技術を表現できる言葉はなかった。

意外な展開に、周囲の探索者が騒めき始める。それに気づいて、ジェイミーは技術士を解放した。

イザベラとパルマはただ顔を見合わせて、困惑するばかり。

「あの男が、天才、ですって……？」

「お姉様、そんなまさか？」

自分達が置いていった男は、偶然ホープ・タウンをうろうろしていたところをスカウトしただけの、取るに足らない凡人。

代わりなどいくらでもいるし、焼き殺しても、割れ目に落ちたのを放置しても差し支えない。

まさか、あんな三下に他の技術士が絶賛するほどの才覚があるなど信じられない。

これまで使っていたアームズの性能が普通だと思っていたのもあり、正直なところ、イザベラは彼が天才であるとは思いたくなかった。

「ふざけんじゃねえよ、あのどうしようもねえ田舎者の愚図が天才だって!? あいつが天才なら、俺様は神みたいなもんだ！　くだらねえこと言ってんじゃねえッ！」

だから、こういう時のジェイミーの喚き声はありがたかった。

恋人に乗っかるように、彼女は静かに技術士に告げた。

「……そうね、その通りよ。貴方、明日の朝までに、これをできる範囲で修理なさい」

「あ、は、はいぃ……！」

男は三人の壊れたアームズを掴み、箱に押し込み、入りきらない分を両手で抱えて駆け出していく。その様を見る三人の間には、不快な沈黙だけが残った。

「……訓練用のアームズ以外はクリスの造ったものだけしか触らなかったのが、不運ね」

イザベラの呟きには誰も答えなかったが、静けさこそが同意の証だった。

ここにいる三人が初めて触った武器は、実家で召使いに用意させたものだ。

それからずっと同じものを使い続け、この街に来てクリスのアームズに触れた。この美しさ、使い勝手が当然だと思ってきたのだ。

その矢先、劣化品を使えと言われれば、傲慢でプライドの高い三人が納得するはずがない。

当たり前のように食べてきた高級品のケーキの代わりに、カビの生えたパンで我慢するわけにはいかないのだ。

「お姉様、あの男が大袈裟に言っただけ、です……私達が貴族の生まれだから、アームズについて知らないと思い込んで……無知に付け込んだに決まっています」

「クリスは俺達のアームズも調整できねえ無能さ、イザベラ。ほら、カッカするなって」

こうなると、彼女達が何をするかは決まっている。責任転嫁だ。

家の繋がりで仲良くなった恋人のジェイミーに肩を寄せられ、イザベラはようやく落ち着いたようだった。

「……ありがとう、パルマ、ジェイミー」

妹に見つめられながら目を閉じる彼女だったが、薄目を開けて考えを巡らせた。

(――あの男のへりくだりようからして、ランクをお父様のコネと金で手に入れたというのは、まだ明るみに出ていないようね)

――彼女達がAランクという名誉を手に入れたのは、決して実力ではない。

探索者連中に舐められたくなくて、アルヴァトーレ家の権力を最大限に活かし、彼女は金と脅迫でランクを手に入れたのだ。もちろん、常識的に考えて許される手段ではない。

幸いなことに誰もその事実は知らない。

真相を悟られない間に実績を出し、名実共に最強のパーティーとならなければいけない。さもなければ、次第に人々は彼女達の実力を疑い始めるだろう。

(私達の才能と実力があれば、難度の高いダンジョンくらいは余裕でしょうし、こうして舐めた態度を取られない為に、早く実績を作っておかないといけないわね)

ちなみに、彼女達は権威に箔付けする為だけに探索者になったと言っても過言ではない。

言い換えれば、相当な世間知らずなのだ。

「第一、あんな奴に構ってられないぜ。今日から新メンバーが加入するんだからな！」

「そうですよ、お姉様。聞けば、探索者に登録した時点でCランクを与えられたとか。おまけにですね、その、元『聖騎士(パラディン)』だとも……」

実のところ、ジェイミーとパルマの言う通り、今日はクリス如きに心を割いている余裕はない。

なんせ、パーティーの実績には欠かせない、真の実力者が『高貴なる剣』に加入するのだから。

こういう面子（メンツ）がいれば、世間の信用も増すというものだ。

「聖騎士（パラディン）……ダンジョンから地上に出た魔獣を討伐する、帝国直属の組織ね。それがどうして探索者になったかは知らないけど、ジェイミー、よく見つけてくれたわ」

イザベラが恋人の肩に頭を預けると、彼は間抜けな顔で鼻の下を伸ばす。

「俺様にかかりゃあ簡単なもんだぜ。昨日偶然見かけてよ、最初は興味ない素振（そぶ）りだったんだが、メンバーの名前を教えたら乗り気になってくれたんだよ。クリスの野郎の名前もうっかり出しちまったのは失敗だったけどな、ギャハハ！」

「私達の家名が勝った証、ですね、ふふ」

ジェイミーもパルマも、クリスの存在を認めたくないばかりに、死んだ人間であろうとお構いなしに、いつも以上に彼を貶（おとし）める。二人の傍で、イザベラも小さく笑った。

実際問題、三人の戦闘スペックは決して低くない。いや、高いとすらいえる。

ジェイミーはピストル、ボウガンや弓矢など、あらゆる遠距離射撃のスペシャリスト。

パルマは杖の先端の水晶から、炎や水、癒（いや）しの力といった様々な効果を持つ、ダンジョン素材由来のエネルギー波を放つ魔法使い（ウィザード）。

そしてイザベラは、華麗な剣技であらゆる敵を切り刻む剣士。

これまでのダンジョンでの探索や訓練を含めて、一度だって手傷を負ったことはない。

少なくとも、実家にいた頃は、訓練用魔獣との戦闘では一歩も引けを取らなかった。

「全くその通りだぜ、パルマ……っと、噂をすれば、だな」

ジェイミーが振り向くと、施設の入り口に人が立っていた。

周りの男連中が振り向くほどの美人なのだから、彼が気づかないはずがない。

イザベラ達は迎えに行こうとしたが、彼女の方からやってきた。

三人は立ち上がり、新入りを迎え入れる。特に女性に弱いのか、ジェイミーはイザベラが隣にいるのに、どうにも顔が緩んで仕方がない。

いかにも優美で堅実そうな騎士と向かい合い、最初に口を開いたのは女性の方だった。

「——君達が、クリス・オロックリンのパーティーメンバーかな？」

いとも簡単に、さも当然であるかのように。

女騎士は、最も言ってはいけない名前をさらりと口にした。

◇◇◇◇◇◇◇◇◇◇

「——すっごぉーいっ！　こんなに大きな街、見たことないわ！」

『高貴なる剣』ととある女騎士が出会っていた頃、クリスとカムナの二人は、無事にホープ・タウンへとたどり着いていた。

二人は何度か他の村に立ち寄り、休憩しつつ、ここに着いた。

幸い天候の不調も大きなトラブルもなく、予定よりもずっと早く到着した街は、カムナが目をキラキラと輝かせるほどの活気に溢れている。

見渡す限り人、人、人と、家、建物、お店。

クリスのような技術士（エンジニア）もいれば、屈強な男や華麗な衣服を纏った女、老若男女（ろうにゃくなんにょ）が常に往来している。孤独に洞窟の中で眠っていたカムナからすれば、正しく別世界だ。

「人で賑わってて、ごちゃごちゃしてて、あたしはこういうの大好きよ！　ここに来る途中の村で買った衣装も、何だか映（は）えて見えちゃうわね！」

カムナが振り返ると、彼女の主人も微笑んだ。

クリスの隣ではしゃぎまわるカムナの衣服は、ぼろ切れではなくなっていた。

道中の村落で灰色のジャケットと茶色のスカート、膝まで隠れるブーツを手に入れた彼女は、もう痴女（ちじょ）のような格好ではない。

いずれも村の特産品で、独特な模様が刺繍（ししゅう）されている衣服をカムナはいたく気に入っていた。

「うん、カムナは綺麗だからね。何でも似合うと思うよ」

彼がそう言った瞬間、彼女の顔は赤熱した鉄より赤くなった。

ここに来るまでたわいもない話ばかりで、そんなことを言われたことはなかった。

だから、まさかクリスに褒められるとは思っていなかったのだ。

「……そういうこと、平然と言っちゃうタイプに弱いんだけど、あたし……」

「ん？」

照れくさそうに身を縮こまらせるカムナは、戦闘兵器ではなく、ただの年頃の少女に見える。頭の中はそうなのだろう。

『コォーン、コン』

「こ、コネクトまでどうしたのさ？」

肩に乗るコネクトが「またか」とツッコミを入れても、自分が原因などとはつゆ知らず、クリスは首を傾げていた。

「そ、それよりもクリス、あれは何？　あの人達は何をしてるの？　あの大きな建物は!?」

主人に褒められるのが何よりも嬉しい様子のカムナは、照れ隠しに話を変えた。

「落ち着いて、カムナ。あれは探索者（シーカー）で、あっちは新しいアームズを買っているパーティー。で、あの建物はエクスペディション・ギルド本部だよ」

「エクスペディション・ギルド？　あんたが言ってた、探索者の統括ってやつ？」

「うん。通りをまっすぐ進めば着くから、まずはそこに行こうか」

喜んだり照れくさがったり質問攻めにしたりと、表情がころころと変わるカムナ。子供のようだな、と思いつつクリスは、会話をしながら歩いてゆく。

「国内でのダンジョン探索が無法地帯になっていないのは、ギルドが開拓希望者と探索者の間を取り持っているからなんだ。新たに発生したダンジョンを調査する調査班（サーベイ）も、ギルドの一員だよ」

「そいつらが調べてからじゃないと、ダンジョンの探索ができないの？」

「そうだね。ある程度の整備と生息する魔獣を調べて、大まかにランクを付けるのが彼らだ。そして指名されたパーティーが本格的に探索して、詳細を報告して初めて、ちゃんとランク付けがされる……これがダンジョンのシステムさ」

さっきから忙（せわ）しなく辺りを見回し、ただの雑貨屋や酒場にすら目を輝かせるカムナだが、話はちゃんと聞いているようだ。

武具がこれでもかと並んだ店先を眺め、店主に軽く手を振る彼女は、興奮と感動と好奇ですっかり良い気分だった。

「ふーん、結構しっかりしてるのね。じゃあ、『高貴なる剣』って結構……あっ」

ついうっかり、クリスのトラウマを踏み抜いてしまった。

「ああ、気にしてないよ。鉢合わせたって、どうにかなるさ」

主人の気分を損ねてしまったと思い、慌てて謝ろうとしたカムナだったが、クリスは平然としていた。彼自身、ここに来た時点で覚悟はしていたのだろう。

いかにホープ・タウンが広く、人が多いとしても、イザベラ達と会わずに済む保証はない。自分を殺そうとした面子に会うのはそう遠くないだろう。

彼が何でもない調子で微笑むと、カムナは焦った様子で笑いを返した。

「と、当然よ！　そいつらがあんたに難癖つけてきたら、このあたしがぶっ殺――」

カムナの元気さにクリスが勇気を貰った――その時だった。


「――どういう意味だ、このアマァッ！」


突然、遠くから男の凄まじい怒鳴り声が響いてきた。

クリスやカムナだけでなく、その辺りにいた全員が硬直してしまった。

まるで殺人現場に遭遇したかのような絶叫は、皆が動きを止めるには十分だった。

「……今の声は？」

「……ジェイミーだ」

カムナを戸惑わせるくらいの声の主を、クリスは知っていた。

彼の元仲間にして、『高貴なる剣』のジェイミーだ。彼は短気で、気に入らないことがあれば喚き散らして手を出すと、短い付き合いでも知っている。

だから、きっとこれだけの声で騒いでいるのならば、誰かに暴力を振るっている。

「……ああいう声を出すのは、トラブルを起こしてる時だ！」

『コン！』

もはや自分とは関係ないはずの相手だが、生来の優しさと心配症がクリスを突き動かした。

「あ、ちょっと待ちなさいよ、クリス！」

クリスは声のした方角――つまり、ギルド本部の方へ駆け出した。

当然追いかけるカムナだが、クリスは彼女を待とうとはしない。

ざわざわとどよめく人混みを掻き分け、群衆を押しのけるクリスは、あまり時間をかけずにギルド本部の前までやってきた。

輪を描くように本部の入り口に集まる人々の中心で、トラブルは起きていた。

そこにいたのは、彼の予想通り、『高貴なる剣』の面々だ。

（やっぱり、イザベラ達だ！）

「クリス、どうしたってのよ！　いきなり走り出して……」

複雑な心境で三人を見つめる彼の後ろから、カムナが追いついた。

彼女が三人を見たのは初めてだ。

しかし、今さっきのクリスの行動とここに来るまでの会話、そして横柄かつ横暴な言葉遣いで、彼らが自らの主人を殺そうとした愚人共と察し、鉄がこすれ合うような音を指から軋ませた。

「……あいつらが、『高貴なる剣』とかいうバカ連中ね」

「口が悪いけど、まあ正解かな。でも……」

鋼の拳で殴りかかろうとするカムナを制しながら、クリスは考える。

群衆の視線を集める面々のうち、一人はヒステリックに怒鳴るジェイミー。その後ろにはイザベラと、彼女を守るように杖を突き出しているパルマ。

ここまでは、おおよそクリスの予想通りであった。

「イザベラ達が怒鳴りつけてるあの人……聖騎士(パラディン)の格好をしている女性は、誰だ？」

しかし、彼女達と向き合う女性を、彼は知らなかった。

彼女の外見は、喩えるなら炎を纏った騎士、のようだった。

オレンジ寄りの赤い髪はセミロング。瞳も赤色で、眉毛も同じく赤色。背はクリスより高くて、筋肉質かつ胸部はカムナより大きめに見える。

騎士の証である黒の上着とプリーツスカート、真っ白なタイツ。靴は真っ赤で底が厚い。

あの格好は、『聖騎士団(ロイヤルナイツ)』の制服に間違いない。少ししか見たことがないが、彼らは派手で、記憶に残るのだ。

それよりも目を引くのは、背中に背負っている巨大な剣らしいアームズ。

彼女の身の丈以上のそれは、十字架(じゅうじか)のように見え、剣と呼ぶには分厚すぎる。恐らく、彼女専用のアームズなのだろう。

そんな彼女に対し、ジェイミーは唾を吐き散らしている。

「おいおいおい、話が違うだろうって何度も言ってるよなあ!?　そっちが俺様達のパーティーに入りたいって言ってたのによぉ、急に断るなんざおかしいだろうが！」

「君は頭が悪いのか？　こっちは何度も否定したはずだ」

彼の怒号と、イザベラ達の侮蔑の視線に対し、彼女もまた冷徹な声で答えた。

本来はもう少しはつらつとしているのだろうが、相当『高貴なる剣』を嫌っているのだろうか、言葉の端々から嫌悪と侮蔑を感じる。

「私はあの時、彼がいるならパーティーに加入すると言ったんだ。なのに君達は、肝心の彼はいないというじゃないか。なら、約束を破棄してもおかしくないだろう？」

「何を……あ、てめぇはっ⁉」

どうやらパーティー加入についてのトラブルらしい。クリスが事情を把握しかけた時、ジェイミー達がとうとう彼の存在に気づいた。

「クリス⁉　貴方、どうしてここに⁉」

パルマは信じられない様子で杖を落としかけ、イザベラは驚愕で目を見開いた。

死人がホープ・タウンに帰ってきたのだから、いかに傲慢な面々であろうとも驚くだろう。

「クリス？　あの、イザベラ達が雇ってたって技術士か？」

「確かダンジョンで死んだんだろ？　あいつらも、そうギルドに報告してたぞ」

イザベラ達だけでなく、騒動を聞いて集まっていた野次馬の中にも、クリスがいることに驚いている者がいた。

周囲の視線を浴びて、クリスはどうにも不快だった。

「……クリス、だって？」

三人や周囲の人々が絶句したのを見て、女騎士は彼らの視線の先を目で追った。

そして、クリスと目が合った。

少しの間を開けて、彼女はすたすたとクリスのもとまで歩み寄ってきた。カムナもコネクトも警戒はするが、ひとまず様子を見ている。

厄介ごとの雰囲気を感じ取り、軽く息を呑んだクリスに、騎士は聞いた。

「君が、クリス・オロックリンかい？」

「え？　は、はい、俺がそうですけど……それより、イザベラ達と──」

クリスが小さく頷くと、鋭い目の女性は、にかっと笑った。

「──やっぱり、彼女にそっくりだな！　目を見た時にまさかと思ったが、うむ！」

おまけに彼女は、クリスの手を握り、綺麗な顔をずい、と近づけてきた。

カムナは同年代の女の子らしい可愛らしさを持つが、こちらは少し年上の美しさを感じさせる。

そんな女性が、鼻が触れるほどに顔を寄せてくれれば、クリスも頬を赤くする。

一方で、クリスの様子など構いもしない女性は、握る手の力を強めながら言った。

「クリス君！　いきなりで悪いが、君の探索者パーティーに入れてくれ！」

「は、はいぃ？」

クリスは自分でパーティーを組んだことはない。ここに来て最初に加入したパーティーは『高貴なる剣』で、自身がパーティーリーダーになったことなどないのだ。

　彼女は大仰な身振りで自己紹介を始めた。

「ああ、自己紹介が遅れたな。私はフレイヤ・レヴィンズ。聖騎士団（ロイヤルナイツ）の一員だったが、昔の話だ。今はただの新米探索者だよ」

「クリス、聖騎士団って？」

「……ダンジョンから飛び出した魔獣や、探索者では手に負えない規格外の怪物を倒す為に編制された、帝国直属の戦闘集団だ。人数は少ないけどいずれも怪物討伐のプロで、中には百体の魔獣を単身で制圧する者もいるとか……」

　フレイヤと名乗った女性は、やはり聖騎士（パラディン）だった。

　カムナの質問に答えつつ、そのような高名な者がどうして探索者になったのだろうか、とクリスは思った。

「ははは、それは大袈裟だな！　だが、君のパーティーに置いてくれたなら、君が予想している以上の活躍をすることを保証しよう！」

　しかし、既に仲間入りが決まっているかの如く大笑いするフレイヤには、事情を深く聞けなかった。

　フレイヤは先ほどまでとは打って変わって朗らかだけれど、クリスは彼女のことをちっとも知らない。「彼女に似ている」と言われても、それが誰なのかピンと来なかった。

「むー……クリス、知り合い？　なーんか、距離が近くない？」

「いや、あの、俺は全く……」

一方、どぎまぎする彼の隣で、カムナは腕を組んで頬を膨らませている。

どうやら、自分だけが独占できていた主人に異性の知り合いがいるのが、気に食わないらしい。

彼自身も知らない相手だというのに、クリスはあらぬ誤解を抱かれて困っていた。

「おいおいおい、俺様達を差し置いて話を進めてんじゃねえぞ！　そいつはな、この『高貴なる剣』のジェイミー様がスカウトした女だ！　横取りしてんじゃねえ！」

ジェイミーの大声が割って入った。

しかも、すっかりクリスが悪役だという前提付きで。

「横取りって、俺は何もしてないよ！」

普段なら、口答えをするなとジェイミーが喚いて彼を殴り倒していただろう。

だが、フレイヤがいる今は、そうはいかない。彼女は冷めた顔でジェイミーへ振り向いた。

「……その話なら、もういいだろう。しつこい男は嫌われるぞ」

「なん、だ、とぉ⁉」

「私が『高貴なる剣』に興味を持ったのは、クリス・オロックリンがいるからだ」

相手が誰であろうと、彼女は己の意見をはっきりと貫いた。

しつこいとまで言われたジェイミーの怒りは、既に限界を突破していた。

先ほど技術士に持ってこさせた、腰に提げたピストルにいつ手をかけるか分からない。そんな緊迫した状況でも、フレイヤは微塵も動じていない。

「分からないならはっきり言おう。私は、彼に会いに来たんだ。貴族だろうが何だろうが、君達が既にクリス君と何の繋がりもないというのなら、私は君達に何の関心も興味もないんだ」

ジェイミーのみならず、パルマやイザベラの顔が怒りで染まるのも構わず、フレイヤはきっぱりと言い放った。

クリスは、女騎士である点以外、やはりフレイヤの正体を察せなかった。

ただ一つ分かるのは彼女が何故かクリスを知っていて、信頼を寄せているということである。

クリスは彼女を知らないのにだ。

「ふうん？　何だかさっぱりだけど、クリスについては見る目があるようね」

「あ、ありがとう、カムナ……」

「でも、あんたのいいところを一番理解してるのはあたしなんだからね！　パーティーを組むなら、その辺、勘違いさせないようにしときなさいよ！」

「確かに嬉しいんだけど……っていうか、もうパーティーを組むことになってない⁉」

「うむ！　私はそのつもりでここに来たのだからなっ！」

フレイヤは腕を組み、にかっと笑って頷いた。

パーティー結成も、逆スカウトも、フレイヤの存在も、何もかもが当人であるはずのクリスを置いてきぼりにしている。

彼としては、状況についていくので必死だ。

「……聖騎士ならもう少し賢明かと思っていたけど、相当な愚か者ね、貴女は」

さて、ここまで言われたイザベラ達『高貴なる剣』はというと、今爆発してもおかしくない状況にあった。

姉をバカにされたパルマ、短気なジェイミーの額に血管が浮かんでいた。

「私達が誰か、聞いたことがないはずはないでしょう？　財政貢献に加えてアームズ、防具の支援までしているアルヴァトーレ家とマイヤー家の名前を忘れたとは言わせないわよ？」

剣の柄に触れるイザベラは、こめかみをひくつかせて、それでも平静を装っていた。

自分が名家の出身であり、なおかつ帝国の財政に貢献しているという彼女のアピールは、確かにどちらも探索者からすれば逆らわない理由になる。

「知っている。二つとも、古くから帝国にある名家だ」

ただ、逆らわない理由が、そのまま従う理由になるかと言われれば、そうでもない。

特にフレイヤのように、己の信念に従う騎士にとっては尚更だ。彼女はイザベラの脅迫めいた言い分を、睨むようにしながらさらりと受け流した。

「だが、探索者は誰もが対等だ。実績を買ったのなら論外だが、そうでないなら敬うべきは、その者の腕だけだろう？」

「ぐっ……」

「とある筋から、私はクリス君の実力を聞いている。彼の技術士としての才能を踏まえて、しかも彼女との約束を果たせるということを思えば、君達と話しているこの時間は無駄だ」

この時点で、もうフレイヤはどう転んでも『高貴なる剣』には加入しない。

それ自体は薄々三人も悟っていたところではあるが、百歩譲ってフレイヤがなびかないとしても、クリスと比べられるのだけは耐えられなかった。

「そ、そんな無能の技術士に、何ができるんですか」

「パルマの言う通りだぜ。聖騎士様よォ、お目々が見えてねえんじゃねえか？　そいつは俺様達三人のアームズすらろくに修理できねえ、カスのゴミ野郎なんだよ！」

普段はイザベラの後ろにいるだけのパルマですら苛立ちを隠せないのだから、他の二人が歯軋りするほどに激昂するのも仕方ない。

そもそも彼女達は、気位が他の人間より遥かに高いのだ。

「……ふう。何を言っても通じないとは、まさにこのこと――」

見苦しく叫ぶ二人のみっともなさと情けなさに、フレイヤはただでさえ細い目を更に細めて、心底侮蔑した。

ところが、彼女と違い、もう一人は軽蔑するだけでは収まらなかった。

「――黙って聞いてれば、随分とあたしの主人をバカにしてくれるじゃない」

鋼の関節をばきぼきと鳴らすカムナの怒りは、頂点に達しようとしていた。

クリスをバカにする連中は許さないと、イザベラ達に会う前から豪語していた彼女だ。いざ直面してみて、ここまで黙っていたのだから、我慢した方だろう。

ましてや相手は、愛すべき主人を殺そうとした人間だ。

出会い頭に頭をかち割らなかっただけ、まだ冷静かもしれない。

「カムナ、駄目だ！　俺は何とも思っちゃいない、気にしてないから！」

「あんたが良くても、あたしが嫌なの！　このあたしを直せるだけの実力と、まっすぐな優しさを持ってる奴が、口だけの連中に罵倒されるなんて耐えられない！」

前に出て首を鳴らすカムナをクリスが引き留めようとしても、彼女は止まろうとしない。更にまずいのは、相手が慄くどころか、怒りに火をつけてしまったことだ。

「誰ですか、貴女は。お姉様に近寄らないでください」

「あたしはカムナオイノカミ。クリスのアームズにして、一番の理解者……そんでもって、今からあんた達全員の顔面をぶっ潰す奴の名前になるわ。覚えときなさい」

「……はい？」

「あんたの陰気な顔をハッピーな間抜け面にしてやるって言ったのよ、バーカ」

杖を構え直すパルマを、カムナは右手で指さして挑発した。

そうしてぎろりと殺意の篭った視線をぶつけた途端、とうとう緊張の糸が切れた。

「……戯言を並べ立てて……後悔しますよ」

パルマとジェイミーがこちらに近寄ってきたのだ。もちろん二人とも武器を構えているし、いつ発砲、または攻撃を仕掛けてくるか分からない。

「喧嘩なんてよしてくれ、ギルドに憲兵を呼ばれるぞ！」

クリスが必死に双方を止めようとするが、どちらも話を聞かない。

野次馬の様子も、沈黙から喧嘩が始まることへの興奮に変わってゆく。

仮に憲兵が来たとしても、事態は収まらないだろう。

このままでは、『高貴なる剣』の二人が倒れるか、カムナが壊されるかのどちらかでしか止まらない。イザベラはあえて二人を放っているようだし、フレイヤは必要とあらばカムナに助力するつもりでいるから、喧嘩を止めようとはしない。

「誰だか知らねえが、今の俺様はイラついてんだ！　女だろうが容赦しねえぞ！」

「お姉様、下がってください。あの雌を焼きます」

「上等よ、かかってきなさい！　まずはそこの二人からひき肉に――」

ジェイミーが、ピストルに手をかける。

パルマが杖を掲げ、水晶に光が集まる。

カムナは両腕をスライドさせ、拳にこれでもかと力を込める。

こうなれば止まらない。誰かが無理矢理にでも介入しないと止まらない。

「全く――仕方ない、か」

ならばと、遂に彼が、ゆらりと歩き出した。

まるで水流のように、静かに。

それでいて、貫手(ぬきて)を刃(やいば)のようにしならせた。

「少し乱暴な手段を使うよ。使いたくは、ないんだけど」

彼――クリス・オロックリンは、紫の目でカムナを捉え、緑の目で敵を捉えた。

そして、三人の間に入り込むと、双方が構えたアームズと右腕に軽く触れ、五本の指全てをなぞらせた。

さっきまでのクリスとは思えない冷たい目。

まるで人殺しの目で、彼は芸術家の筆先のように部品を叩き、揺らし、外す。

ぱき。かち。こきん、と音が鳴り、誰も何もできない、瞬きほどの時間が過ぎた。

「――オロックリン流解体術『壱式(いちしき)』」

クリスの呟きと共に、攻撃寸前のジェイミーとパルマのアームズが、文字通りばらばらに解体され、掌から零(こぼ)れ落ちた。

そして、振りかざしたカムナの右腕も、ガシャンと音を立てて外れて地面に落ちた。

ギルド本部前のさっきまでの熱狂は、一瞬で沈黙へと変わった。

これからAランクパーティーの面子と謎の少女が大喧嘩を始めるのかと思いきや、乱入した技術士が、一瞬でアームズを破壊した。

あまりの事態に、イザベラもフレイヤも目を丸くした。

「……あ？」

「……何が、起きたの？」

特に、今まさに被害を受けた三人は、現状を受け入れられずにいた。

ジェイミーのピストルは銃身から引き金、何から何までパーツとなって落下し、地面を鳴らした。

パルマの杖は、水晶を支えていた棒状の部品と、杖の木材同士を繋ぐ鉄製の部品が外れ、落下した水晶は割れた。

前者と比べれば、カムナはまだましだろう。彼女も相当驚いているが、せいぜい右腕が大きな音を立てて地面に叩きつけられただけだ。

外装という名の皮膚にさほど傷はついていないし、この程度ならクリスはすぐに直せる。

だが、だからこそ誰もが、これがクリスなりの『警告』であると直感した。

「この手は、直す手なのに。こんな形で、ものを壊すなんて」

沈黙を破ったのはクリスだ。

さっきまで慌てることしかできなかった少年とは思えない、心臓が凍り付くような声だ。

「技術士が不要な解体をするなんて――だから嫌なんだよ、俺は」

同時に、悲哀にも満ちた声だった。

静かに手を下した彼は、敵に背を向け、何が起きたか分かっていないようなカムナを見つめた。

「カムナ、ちょっと乱暴な手段で止めさせてもらったよ。腕は後で繫ぎ合わせるから、少しだけ不便をかけるけど、申し訳ないね」

「え？　えっと、それよりクリス、今何をしたの？　腕、くっつけてくれない？」

「後で修理するってば。それよりもレヴィンズさん、俺に用があるんだろう？」

フレイヤもまた、声をかけられてやっと我に返ったようだった。

「あ、ああ」

「だったら、近くの酒場に行こう。事情はそこで聞かせてくれないかな」

きっぱりと告げるクリスの背中から、コネクトが顔を出した。

『コン……』

「……気にしないで。君を怖がらせるつもりはないよ」

優しくコネクトの頭を撫でてリュックに戻したクリスを見て、フレイヤはため息をついた。

「……分かった。案内してくれ」

「ちょ、ちょっと待ちなさいよ！　この腕、早く直してってば！」

群衆が自分を指さして騒めくことに耐えられないというように、クリスはゆっくりと歩き出した。

フレイヤもついていき、カムナは自分の右腕を掴んで慌てている。

「……あれが、クリス……？」

だが、誰よりも困惑しているのは、『高貴なる剣』のメンバーだった。

自分達に背を向けている彼は、果たして本当にクリスなのだろうかと、三人は疑った。

自分達の知っている彼はというと、いつでも自分に自信がなく、ちょっと小突いてやれば命令を聞き、そのくせ満足にアームズも修理できない無能。

ジェイミーに反撃するどころか、反抗すら許されない完全弱者。

なのに、今はどうだ。

あらゆる面において、立場がまるで逆だ。

そもそも、死んだはずの男がどうして生きていて、しかも奇怪な女を連れて、聖騎士に気に入られているのか。

イザベラはこの男について、実は何も知らないのではないかとすら思うようになっていた。

「……お姉様……？　何が、どうなって……？」

「一瞬でアームズを二つも機能不全にした？　私が捉えられないほどの速さで？　あれが、私達の知らない、クリスの実力だというの？」

砕けた水晶を拾い上げようともせず、杖のかけらを握ったまま、パルマは姉を見た。答えを知りたい時には、いつも彼女はこうするのだ。

しかし、今回ばかりは、イザベラも戸惑っていた。

いつもの高慢さはどこへやら、彼女が見下す民衆と同じように、ただの技術士が繰り出した技と、一度も見たことがない顔、口調に狼狽（ろうばい）しているのは明らかだ。

「何だ、てめぇ？　今のは？　一度も見たことがないぞ、俺達は？」

イザベラの頭にクリスの言葉がフラッシュバックする中、それを認めない男もいた。

ピストルの柄（つか）を、血管が浮き出るほど強く握りしめるジェイミーがそうだ。

眼球が血走った彼の言葉を聞いて、クリスは振り向いた。数歩もない彼との距離が、なぜか傲慢な男には遠く感じられた。

「見せたことがないだけだよ」

「黙ってたのか？　騙（だま）してたのか、『高貴なる剣』を？」

「そんなつもりはない、けどおかしいだろう。技術士の得意分野が、ものを直すことじゃなくて、ものを壊すことだなんて。俺だって好きじゃないんだ、この力は」

「――ぶっ殺すッ！」

とうとう、というよりやはり、ジェイミーの怒りは爆発した。

躊躇なく彼は背負っていたボウガンを手に取って構えた。周囲から悲鳴が上がるさなか、冷たい目をしたクリスに彼は叫んだ。

「ピストルだけが俺様のアームズだとでも思ったのか!?　頭をぶち抜いて、俺様を騙したのをあの世で後悔させてやる！」

ゆらりと迫ってくるクリスに、ジェイミーは恐れを抱かない。

これだけ近ければ、まず矢を外さない。訓練でもその実績は確かだったし、講師としてやってきた探索者を何度も驚かせてやった。

だから、結果は分かっている。クリスは矢で頭を射抜かれ、絶命するのだ。

「この距離の、しかも俺様の射撃を避けられると思うなよ！　俺様は訓練で一発も矢を外したことがねえ、射撃の天才だってことを――」

ただ、それは、彼の頭の中で起きる予定の出来事に過ぎない。現実において、ボウガン型のアームズの引き金に触れたのは、ジェイミーではない。

瞬時に距離を詰め、眼前まで迫っていたクリスだ。

「もういいよ、そういうのは」

「んだ、と？」

ジェイミーが呟いた刹那(せつな)、クリスの指は既に動いていた。

今度は流れるようにではなく、指で何度も叩き、武器全体を揺らすような仕草だ。それでいて確実にアームズに衝撃を走らせ、的確にものの役割を終わらせているのだ。

右手で矢を軽く握り、左手で技を繰り出した彼の行動は、ほんの一瞬で終わった。

小さく息を吐いたクリスが手を離すと、アームズはこれまた、音を立てて崩れ去った。

それぞれを繋げていた糸が切られたかのように、組み立てる前の状態まで戻されたアームズは、持ち主の手元にグリップだけを残した。

今度こそ唖然とする有象無象の真ん中で、技術士が言った。

「オロックリン流解体術、アームズ破壊特化術式……『壱式甲型』。覚えておいたほうがいい。この解体術が壊すのは鉄と鋼だけじゃない」

彼の声を聞きながら、ジェイミーはようやく恐怖した。

「これ以上何かをやらかすつもりなら、次は君を壊す術になるんだから」

自分を解体すると脅す――冷たく澱んだ、紫電と漆黒の瞳に。

ジェイミーは恐怖で息を呑んだ。

認めたくはなかったが、クリスは言葉通り、自分を解体できるだろう。それでも現実を認められずに沈黙を裂く声は、か細く、震えていた。

「く、クリスのくせに……雑魚の、使えない、無能の屑のくせに……！」

「かもしれないね。けど、君達からの評価なんて、今はもうどうでもいい」

ジェイミーが何と思おうとも、クリスはもはやどうでも良かった。

「二度と俺達に関わらないでくれれば、俺も何もしないよ。それじゃ」

彼らと関わらず、目立ちたくないという願いが叶うのならば、何と思われようと、何を言われようと知ったことではない。

初めて覚えた感情を腹の底にしまい込み、クリスは再び背を向けた。

「……くそ、くそっ、くそくそくそ糞があああぁぁッ！」

パルマが息を呑み、イザベラが無言を貫く中、やはり彼だけは違った。

芯（しん）となるパーツだけを残したボウガンを握りしめた彼に、撤退も敗北もあり得なかった。あり得てはならないし、天地がひっくり返っても認めたくなかった。

だから彼は、それを握りしめ、クリスを殴りつけるべく走り出した。

これには流石のイザベラも焦りの表情を隠せなかった。

まさかここまでジェイミーがバカだとは思ってもみなかったし、今のクリスの実力は未知数だ。下手をすれば、彼の発言通り、パーティーメンバーが解体されてしまうかもしれない。

「ジェイミー、よしなさい！　今手を出すのは……」

「俺様に指図すんじゃねえ、イザベラ！　アームズが駄目なら、直接ぶん殴ってやらぁ！」

イザベラは彼を制止するべく叫んだのだが、その程度では止まらない。

「……警告したのに、くだらない真似をするんだね」

怒りが脳を支配している男の愚かな声を聞き、クリスは右指の関節を軽く鳴らす。

言っても理解できないなら、彼は冗談では済まさず、言動も撤回しない。ぱきり、と嫌な音を立てる右手の親指が、人を破壊する術を披露するだろう。

『コン、コン！』

「ダメだ。彼はここで壊しておかないと――」

事実、コネクトが止めたが、クリスは振り返る直前までそうするつもりだった。

「いい加減にしないか！」

「クリスに触れんじゃないわよっ！」

ただ、彼の恐るべき術は、見せる直前に遮られた。

カムナの左手とフレイヤの右手から繰り出された正義の鉄拳が、ジェイミーの顔面を殴り潰したからだ。

「あぼばぎゃあああッ！」

人型アームズと騎士の一撃をもろに受けて、彼は吹き飛ばされた。

腹を奇怪に凹(へこ)ませたジェイミーは何度も地面を転がって、イザベラが立つギルド本部の扉のすぐ真横、すなわち本部の壁に激突してようやく止まった。

「ぶ、ぶぐ……げっ」

顔には苦悶(くもん)を浮かべ、油断すると今にも口から吐瀉(としゃ)しそうだった。

だが、ジェイミーは嘔吐する前に、激痛で意識を手放してしまった。吐き散らす様を晒(さら)すよりは、今の間抜けな様の方がよっぽど良いだろう。

「カムナ、レヴィンズさんまで……」

「あいつ、一発殴られた程度で済んで良かったわね。もしもクリスに触れてたら、あのクソ野郎の

「すまないな、クリス少年！　さっきは君の実力を見たくて、あえて喧嘩の仲裁に入らなかった。今回は君に直接危害が及びそうだったので、手を出させてもらった！」

「……そう。助かったよ」

「君の力は想像以上だな。これからパーティーを組むのが楽しみだ、ふふっ」

微笑むフレイヤとは正反対で、クリスは一瞬でも早くここを離れたいようだ。

ただの技術士ではないとばれてしまったのが、耐えられないらしい。

「今は、とにかくここを離れよう」

「でも、皆見てるんだし、あいつら全員ここでボコボコにしてやればいいじゃない！　半殺しにしてやれば、クリスを追放したことをきっと泣いて謝って……」

「見られているのが嫌なんだよ。いいから行こう、ほら、早く」

カムナを置いていくかのように、クリスは野次馬連中を掻き分け、酒場があるとおぼしき方向へと歩いていった。

静かで落ち着いた調子の、普段の彼からは想像もつかないほど足取りが速い。

なぜここまで、彼は自分を卑下し、誰も持たない珍しい力を嫌うのだろうか。

顔を見合わせて、彼を追いかけるカムナとフレイヤにも、理由はさっぱりだった。

「……あんた、クリスがちょっと苦しそうだって思う？」

「理由なら酒場で聞いてみるといいだろう。私も、気になるしな」

フレイヤは分からずとも、糸口を掴んでいるようだった。

「ま、待ちなさいよ！　一応相談してあげたけど、あいつの悩みを聞くのはあたしの役割よ！　クリスについては、あたしが一番の理解者なんだからね！」

彼の相棒を自称するカムナは、やけに大人びていて余裕のあるフレイヤに負けてなるものかと、どたどたと彼女達を追いかけた。

さて、あとに残されたのは、有象無象と『高貴なる剣』だけだ。

呆然とするパルマ、いまだに白目を剥（む）いて起き上がる様子のないジェイミー、そして現実をまだ受け入れられず直立するイザベラ。

野次馬が喚かず、沈黙しているのが、なお彼女達の惨めさを引き立てている。

唯一良かったことは、クリスの言っていた憲兵が来なかったことくらいだろうか。状況を説明するように強要されれば、一層彼女達の恥が知られていただろう。

たかだか技術士に、Aランクパーティーが圧倒されたのだと。

「お姉様、どうしましょうか……？」

イザベラの指示に従うしか能のないパルマは、やはり彼女に行動を委（ゆだ）ねた。

ジェイミーもパルマも、どちらも決して雑魚ではない。

両親を納得させる為に実家で積んだ訓練は半端（はんぱ）なものではなかったし、ジェイミーの射撃の腕は確かで、パルマは魔法を的確に放つ集中力と洞察力を持っている。

しかし、いずれもアームズに頼った能力だ。それを壊せるなら、話は別だ。

「……さっきの技術士に、仕事を急がせましょう。アームズがないようじゃ、仕事にもならないわ。それにしても……」

造るよりも壊すことに長けた技術士。なるほど、そんな異端の男ならば、能力を隠していたかもしれない。貴族に隠し事をしていたかもしれない。

――自分達を、貶めていたのかもしれない。

「おい、ただの技術士にAランク探索者がやられたってのか？」

「貴族の生まれのボンボンじゃ、やっぱ大したことないんじゃない……」

「あのランクも、きっと飾りだろうな……」

周りの探索者や一般人の騒めきを聞くイザベラの目は、爛々と輝いていた。

「……よくも爪を隠していたわね、クリス。私達を欺いて、辱めた罪は重いわよ」

言葉では言い表せない怒りが、血が出るほど噛み締められた唇の隙間から零れた。

第四章　出会えた奇跡

エクスペディション・ギルド本部から少し離れた酒場、『小麦亭』。

探索者(シーカー)やギルド関係者、日雇い労働者でごった返すここは、外観も内装もお世辞(せじ)にも綺麗とは言えないが、美味しい料理を安い額で提供してくれることで有名だ。

『高貴なる剣』の面子はこの店を毛嫌いしていたが、クリスは騒々しさが気にならないくらいには落ち着けたので、よく通っていた。がやがやと笑い合う探索者、酒を飲みかわす屈強な男達で賑わう風景は、彼にとってはすっかり慣れたもの。

ただし、今日は少し事情が違う。

「——なるほど、それで君は『高貴なる剣』を追放されたというわけか！」

ドン、と大きな音を立ててジョッキを置いたフレイヤの言葉に、クリスは頷いた。

クリスの隣にはカムナが、そして向かい側には街で出会った元聖騎士(パラディン)、フレイヤ・レヴィンズがいる。男ばかりの酒場にこんな美人がいるのは、不思議な光景でもあった。

赤色のジュースをカップに注いだクリスとは違い、フレイヤはジョッキになみなみと注いだ泡立つ黄色の酒をあおっている。

ちなみにカムナは、何も食べていないし、飲みもしない。

兵器に食欲がないのは当然だろう。

「そんなところです。その時にダンジョンの割れ目に落ちて、出会ったのが……」

「君の隣にいるカムナだな！　人の形をしたアームズとは、初めて見たよ」

「本当にアームズかはまだ分からないですけどね。俺が修理できるからそう思っただけですし。まあ、俺達についての話はこんなところです」

クリスは二人を交互に見ながら、腕を忙しなく動かしている。

「自分達については話しました。次はそっちの……」

「クリス、その前にちょっとだけいいかしら？」

「どうしたんだ、カムナ？」

クリスのおかしな動きの理由を代弁したのは、少し困った顔をしたカムナだった。

「あのさ、あたしを修理した後で話してもいいんじゃない？　あんたの腕は信頼してるけど、話に夢中になって、右腕の調整を失敗したりしないわよね？」

カムナの言う通り、クリスは会話をしながら、カムナの右腕を繋ぎ直していたのだ。

リュックサックの中から小さな工具箱を取り出し、様々なツールを何度も取り換え、てきぱきと部品を接続してゆく。周りを飛び跳ねるコネクトは、時折クリスの手に収まって修理を手伝う。

会話をしながらも動きがぶれない。

すっかり手慣れた様子は、まるで幼い頃からずっと彼女を修理してきたかのようだ。

「安心して。お客さんと雑談しながら調整する時もあるんだし、慣れてるさ」

『ココンっ』

「……なら、いいけど……」

カムナとしては集中してもらわないと心配だが、クリスとコネクトにこう言われると反論できない。ここは信用するしかないらしい。

大人しく、彼女がされるがままになっていると、フレイヤが大きく頷いた。

「分かった、私について話そう！　だがその前に、他人行儀（ぎょうぎ）はやめてくれないか？　こんなふうに距離を置かれると、何だか少しこそばゆくてね」

「あ、はい、レヴィンズさん……じゃなかった、フレイヤ」

「ありがとう、助かるよ！　で、私の話だったな！」

やはり大仰な喋りと性格の彼女は、自分の経歴について話し始めた。

「ギルド本部の前で話した通り、私は帝国直属の元聖騎士（パラディン）だ。騎士の仕事については君達も知っているだろうが、ダンジョンからごく稀に外に出てくる魔獣や、探索者では手に負えない規格外の敵の討伐だな！」

「魔獣が、ダンジョンの外に出るの？」

「奴らは階層を越えて移動できない！　だが、ごく稀に謎の力を使って移動する連中もいるっ！

私が倒していたのは、そういった例外の魔獣だ！」

今なおそれを纏っているのもおかしな話ではあるが、彼女が纏っている赤と白の衣服は確かに聖騎士団（ロイヤルナイツ）の制服で、厳しい訓練と実戦を乗り越えたエリートの証だ。

探索者として生きるよりも何百倍も難しい道を、自ら逸れたのは何ゆえだろうか。

「元ってことは、辞めちゃったの？　何で？」

「色々と事情があって、としか言いようがないな！　全部は話せないが、簡単に言えば上司との軋轢（あつれき）だ！　もっと詳しく言えば、ダンジョン内の魔獣討伐時に、人命を無視した上司を再起不能になるまで叩きのめしたからだな！」

（全部話したな）

（全部話してるじゃない）

（ココンコン）

カムナが疑問に思った内容は、全て彼女が話してくれた。

どうやらフレイヤは少し抜けているようである。

カムナを修理するクリスも、白い目で見るコネクトも同じ感想を抱いたが、あえて口には出さなかった。

「とにかく仕事を失った私は、友人のつてで探索者の仕事を紹介してもらった！　誰でもEランクからの出発と聞いていたが、まさかCランクを与えてもらえるとは予想外だ！」

フレイヤはCランク。クリスはDランク。

どちらも探索者の初心者なのに、待遇はここまで違うのか。そんな気持ちもあったが、カムナにとって気になるのは、ランクの違いだ。

「たかだか一つ、ランクが違うだけじゃない。そんなに凄いの？」

これにはクリスが答える。

「その一つ上のランクにたどり着く為に、山ほどの探索実績を出さないといけない。そこに至るまでに死ぬ探索者がごまんといるって言えば、凄さが分かるかな」

「だったら、『高貴なる剣』の連中は？」

「……さてね。超短期間でAランクを手に入れる手段が、きっとあるんだろうよ」

クリスが示唆（しさ）する答えを、カムナは察したようだった。

もっとも、推測に過ぎないし、貴族の汚い力の使い道を説明する気にもなれなかったから、はぐらかすに留めた。

「とてもありがたい話だったが、問題もあってな！　どうやら初心者の探索者は例外なく、パーティーを組むか参加をしないと、探索の仕事を請け負えないらしい！　そこで私は、聖騎士（パラディン）時代の魔獣討伐の際に、ダンジョンの案内人となってくれた者の言葉を思い出したんだ！」

いくら聖騎士団（ロイヤルナイツ）が魔獣討伐に熟達しているといっても、やはり探索はその職の者に任せるのが良いだろう。複数の聖騎士（パラディン）を一人から二人の探索者が案内し、ダンジョンに進軍するケースを、クリスも一応は知っていた。

もちろん、並大抵の探索者では案内役は務まらない。少なくともBランク以上の者が呼ばれると、彼は探索者達の雑談で聞いていた。

「確かに、ダンジョン内に慣れていない騎士団を先導する為に、探索者が協力するケースがあるとはいうけど……誰なんだい、その彼女っていうのは？」

「君もよく知っている女性だよ」

カムナの腕からはみ出た紐状(ひもじょう)の物体を繋ぎながら問うクリスに、フレイヤは答えた。

「『非登録探索者』――シャロン・オロックリン。君のお姉さんだ」

瞬間、思わずカムナは息を呑んでしまった。

いかに彼女が周辺事情に詳しくないとしても、クリスについては知っている。彼がどうして探索者を目指したのかも、当然分かっている。

「……ねえ、クリス……シャロンって、確かあんたの――」

「――何だって⁉」

クリスの感情はカムナが思っていたよりも早く発露した。

彼は反射的に黒い目を血走らせて立ち上がり、フレイヤに詰め寄った。そして調整していたカムナの右腕を引き千切ってしまった。

「ちょっと、うわ、うわわ！」

『コンっ⁉』

カムナが狼狽えたのを見て、クリスははっと我に返った。

コネクトがひっくり返る隣で、八割ほど修復できていた右腕の調整が一からやり直しとなり、頬を膨らませるカムナと目が合った。

「ごめん、カムナ、コネクト！　つい……」

飛び出た紐状の部位や金属部品を集め、テーブルに置きながらクリスが謝る。

幸いにも元々騒がしい酒場というのもあってか、周囲の視線が集まることはなかった。

「もう、あたしのご主人なら、女の子の体はもっと丁寧に扱ってよね！」

『コォーン！』

「気をつけるよ……それでフレイヤ、シャロンは今どこにいるんだ？　何で『非登録探索者』に⁉　どうして貴女と俺の姉さんに繋がりがあるんだ⁉」

「落ち着きたまえ、少年！　順を追って話してあげよう！」

フレイヤの大きな声に諭されて、ようやくクリスは平静を取り戻せたようだった。

自分を落ち着かせるようにカムナの腕の修理を再開する彼は、それでも少し息が荒かった。ころりと起き上がったコネクトは、またクリスが叫ばないかと震えながらテーブルの上に乗った。

どこにいるかも分からない姉の話が出たのだから、まあ仕方ないだろう。

「というか、『非登録探索者』って何なのよ、そもそも」

「……読んで字の如くさ。エクスペディション・ギルドに登録せず、勝手にダンジョンを踏査する探索者のことだよ。利益を独り占めできるけど、当然ギルド側の定めたルールに反しているから、ギルドの補助を受けられないし、救急申請も受け付けてもらえない。とても危険な仕事だ」

カムナの質問に、接合部位から目を逸らさずにクリスが答えた。

たいていの探索者がギルドに自身の情報を登録し、真っ当な手段でダンジョンの調査権を得ているのは、単にルールとして定められているからだけではない。

定められた日数の間に探索が完了せず、帰ってこない場合には、ギルドは救出班を出す。もちろん、クリスのようにすでに死んだと報告されていれば別だが、こういった保険や横の繋がりこそが登録探索者のメリットである。

一方で、非登録探索者は素材を独占できるし、許可の下りていないダンジョンも調査できる。代わりに、彼らを助ける組合は存在しない。危機に陥れば、そこまでだ。

「ギルドじゃ個人情報は聞けないし、探索者をしていればいつかダンジョンで会えるとは思っていたけど……まさか、そんな危ないことを……」

「安心しろ、シャロンの実力は確かだ！　あれなら非登録でも問題ないだろう！」

フレイヤはクリスの心配を掻き消すように、飲み物を一杯あおって笑った。

「私が彼女と初めて出会ったのは、ダンジョン内での魔獣討伐時にBランクダンジョンを案内してもらった時だ！　随分と探索し慣れた様子でな、快活な性格なのもあって、私達はすぐに意気投合した！」

彼女の脳裏に浮かぶのは、ダンジョンで聖騎士（パラディン）と共に戦う女性の姿だ。

クリスと同じ黒い髪、黒い瞳の女性は、ＢランクであろうとＡランクであろうと、あらゆるダンジョンの先導役となってくれた。

出会いは偶然だったとはいえ、二人の間には共鳴する何かがあったのかもしれない。

「そのうち何度もダンジョンを案内してもらうようになって、ある日からしきりに弟のことを話すようになった！　出来のいい、優しい弟だとな！」

「出来がいいって、姉さんってば……」

珍しく照れたクリスを見て、カムナは少しだけ目を細める。姉に褒められた喜びを、フレイヤに対する気持ちだと勘違いしているようだ。

そんなことは露知らず、フレイヤは己の過去を振り返る。

「それでもし会う機会があれば頼ってみろ、とシャロンが言っていたもので、今日こうして君を見に来たわけだ！　きっと彼女は、今も元気に放浪の旅を続けているだろう！」

シャロンと最後に会ったのは、女騎士が己の役割を失った時だった。

それ以降の居場所は分からずじまいだが、とにかくシャロンが存命だと知ったクリスはコネクトと顔を見合わせて、ほっとしたようだった。

「……良かった、姉さんが元気そうで……コネクトも嬉しそうだね」

『ココーン！』

来る日も来る日も姉の無事を願っていたクリスにとって、こんなにありがたい知らせはない。

同時に、ダンジョンを巡っていればいずれ会えるという望みが、確信に変わりつつあった。

一方でフレイヤの方も、彼に会いに来たのは間違いではないと確信できていた。

「実力のほどは彼女から聞いていなかったが、素晴らしい！　先ほどから技術士（エンジニア）の技能を見せてもらっているが、戦闘技術も探索者の中で上位の部類となると保証しよう！」

クリスにはシャロンが言っていた通りの優しさと、思いやりがある。

同時に戦いへの抵抗も少し残っているが、いざという時の腕前は確かだ。姉の評価は何一つ間違っておらず、むしろフレイヤの想定を超えているとさえ言えた。

「そりゃあそうよ、あたしの持ち主なのよ？　あれくらい強くないと、務まらないわ」

当の本人は苦笑いだったが、代わりにカムナがどん、と自分の胸を叩いた。

これまたクリスは一層照れてしまったが、カムナは急に頬を膨らませると、残った左腕で彼の右頬を抓（つね）った。彼女には主人が赤髪の美人によいしょされてデレデレしているようにしか見えていなかったようだ。

「っていうか、鼻の下を伸ばしてんじゃないわよ！　このムッツリご主人！」

「いたた、伸ばしてない、鼻の下なんか伸ばしてないよ！」

彼女の攻撃から逃れたクリスは首を横に振った。

「第一、どれもこれもたいした技じゃない。一部の技は俺が派生させたけど、大元のオロックリン流解体術は家族代々できることだし、同職じゃ異端だとしか言われない……」

「ああ、異端だろう。だからこそ、聞いておきたい」

フレイヤはずっと違和感を覚えていた。

今ここで聞いておきたいと思い、彼女はジョッキを脇にどけ、真摯な目で見つめた。赤い瞳と黒い目が重なる傍で、隣の金色の目も好奇の視線を向けていた。

「どうして君は、あそこまで解体に長けている？　なのに何ゆえ、あれほどの力を忌み嫌うんだ？」

力の理由を女騎士に問いかけられた技術士は、少しだけ悲しい顔をした。

クリスは、自分について話すのを躊躇った。

コネクトは、喋らなくてもいいと言っているようだった。

『……コーン……』

「……ううん、話すよ。黙っているのは、事情を話してくれた相手に失礼だ」

しかし、このままでは物事が進まないと悟ったのか、諦めた調子で語り出した。

「……オロックリン家は代々修理屋を、ダンジョンが出現してからは技術士を営んできた。俺はそんな仕事が好きで、家を継いだ」

ここまでは、カムナも聞いた過去の話。

「けど、俺は皆と違ったんだ。父さんや姉さんが何かを直すのに長けているのに、俺は壊すことに長けていた……見ただけで、人でもアームズでも、何をどうすれば壊れるのかが理解できるんだ。修理の腕は、イザベラ達に罵倒される程度しかないのにね」

そこから先は、誰も聞いたことのない話である。

彼の夢と、彼が持ちうる才能は、まるで逆の関係にあった。

父や姉のように、何でも直せる技術士になりたかった。

ところが現実に待っていたのは、中途半端な修理の才覚と、代わりに与えられた破壊に対する天賦(てんぷ)の才だった。彼は造るよりも、壊す方の神に魅入(みい)られたのだ。

今更ではあるが、イザベラ達の要求するレベルが高すぎるだけであって、クリスは決して技術士として劣っているわけではない。

カムナを修理できるのだから、むしろ天才の域にあると言っても良い。

自信を持てないのは、自分の力を忌み続けていることと、理想が高すぎるからだ。

『高貴なる剣』と出会ってしまい、自分を否定されてきたのも、ネックだったのだろう。

「技術士は直す為の存在だ。破壊をもたらすなんて、俺の力は……」

だからクリスは、自分を心の檻(おり)に閉じ込める癖がついていた。

あのままだったら、永遠に深い闇に囚われていただろう。

カムナという、闇を切り開く太陽が現れなければ。

「人の感想はどうでもいいのよ。あんたはどうしたいの？」

「えっ？」

我に返ったクリスが顔を上げると、カムナはこれ以上ないくらいの笑みを浮かべていた。それが彼を勇気づける、最高の手段だと知っていたからだ。

「今までは一人だったり、あのバカ貴族みたいな奴に囲まれたりしてたから、そう思うんでしょう？　本当にあんたを信じてくれるような、そんな相手がいれば、奪うだけの力だって人を守る強い力になるのよ。ついでに、その相手って誰か分かる？」

彼女はたくさんのパーツが露出している右手を振り、それから左手でクリスの手を握る。

人間の腕ではないのに、どうしてかその掌は温かかった。

「当然、このカムナオイノカミ様よ。どこかの誰かがあんたを嫌って、憎んで、恨んだとしても、あたしは絶対にクリスの味方。どう、これでもまだ不安かしら？」

「……どうして、俺をそこまで……？」

呆然と彼女を眺めるクリスが呟いた。

だが、彼の不安と疑問を、カムナは一蹴した。

「そうね。見ず知らずのあたしを直して、アメノヌボコを探すのを手伝うって言って、まだ傍にいてくれる優しさ以外の理由が必要なら、あと百個は教えてあげるわ」

長く心に突き刺さっていたかえし付きの針は、彼女があっという間に抜いてしまった。

要するに、クリスは今まで、自分の殻に閉じこもっていただけだったのだ。

あまりに簡単な解決手段を見いだせなかったのも、そういうことだったのだ。

長年の鬱屈で歪んでしまった性格をすぐに変えることはできないだろうが、クリスの目に少しだけ温かな光が戻ってきたように見えた。

金色の瞳と、屈託のない笑顔につられて、彼の顔は柔和になってゆく。

「……カムナ……」

「うむ、随分いい仲間を持ったな、クリス君っ！」

カムナの言葉にフレイヤも同意する。

「確かに彼女の言う通り、君が力を嫌っていようと、『高貴なる剣』にどのような感情を植え付けられようと、今は違う！　持っている力が大事なのではない、それをどのように使うのかが肝要だ！　ここにいる君自身を信じることだっ！」

「ここにいる俺を、信じる……」

「何よりあの時、君が力を発揮しなければ、カムナの他に被害が出ていたかもしれない。野次馬の中に怪我人が出たかもしれない。そうならなかったのは、君が勇気を出したからだ。既に君は、答えを得ているのも同然だなっ！」

やや暑苦しい調子で、腕を組みながら熱弁するフレイヤ。彼女の言葉もまた、事実だ。

起きたことを悔やむ時間をもったいないと思えるなら、気持ちは楽になるだろう。本当に大事なことを知り、大事な人と知り合う機会も増えるだろう。

彼の力までも肯定してくれたフレイヤだが、彼女はやはり、クリスよりも大人だ。

「無論、卑屈な自分や弱い自分が好きなら話は別だ。さて、どうかな？」

最後の判断を彼に委ねた彼女は、にかっと笑い、彼がどうするかを見据えた。

決断を強要しないやり方は、人を大きく成長させる。

もしもまだ自分が弱いと思い、このまま留まったとしても、これからのヒントになるだろう。

「……ありがとう、カムナ、フレイヤ。もうちょっと、俺自身を信じてみるよ」

もっとも、クリスはそこまで弱くはなかった。

彼は彼なりに、答えを見つけた。

端からは弱々しく見えたとしても、立派で、二人からすれば力強いものだった。

「俺の力で何ができるのか、俺を大事に思ってくれる人の為に何ができるのかを探してみるよ。もちろん、ここにいるコネクトと、仲間と一緒に！」

クリスが撫でると、狐はぴょんと跳ねた。

「ちゃんと言えたじゃない！　それでこそ、あたしが見込んだ主ってやつよ！」

「見事だ、クリス君！　今すぐにとはいかないだろうが、こうして少しずつ弱い己を乗り越えていくのが、自分を強くする第一歩だっ！」

カムナは左腕でクリスの背中を叩き、フレイヤは技術士とアームズを微笑ましく見つめてジョッキの中身を空にした。

「はは、ありがとう、二人とも」

驚くほど人に愛される彼の優しさや素直さも、きっと才能の一つだ。

フレイヤはたくさんのクリスの秘めた魅力を引き出したが、同時にこうも考えていた。

（……といっても、彼の感覚自体はおかしくない。素手でアームズを解体するなど、異常だ）

彼の破壊に対する才覚は、聖騎士に疑問を抱かせた。

いくら何かを壊すのに長けているといっても、アームズは構造が複雑で、なおかつ魔獣を倒すべく、普通の武器よりも強固になっている。

同じサイズの剣同士で斬り合えば、並の武器がへし折れるほどだ。

なのに、クリスは撫でるように指を動かすだけで解体した。

構造を知り尽くしているとしても、知識だけでどうこうできる範疇の技術ではない。

（シャロン、君の弟は何者だ？　彼が知らない何を背負わせたんだ、お前は？）

もしも、ツールを使い、本気で解体しようと思えば、どこまで破壊できるのか。

アームズ、人間、果ては城までも解体できるのではないだろうか。

笑顔を取り戻してゆく少年の影に潜む闇を見据え、女騎士の赤い目が細くなった。

しかし、考え込んだところで答えが出るわけでもない。ましてやクリスは辛い過去と決別しようとしているのだから、余計な口出しをするのは野暮だろう。

だからフレイヤは脳裏を過った考えを振り払い、笑みを浮かべた。

「……さて、改めて私から言わせてもらおう」

熱い炎を目に灯した彼女の声は重厚で、クリスとカムナの心に染み渡った。

「君をリーダーとしたパーティーに、私を加入させてほしい！　元聖騎士団（ロイヤルナイツ）所属フレイヤ・レヴィンズ、魔獣との戦闘で活躍してみせると約束しようっ！」

フレイヤの強く、芯のある声が、テーブルの上に轟いた。

魔獣との戦闘を専門としている女騎士が仲間になるとは心強い。

しかも何の実績もないクリスのパーティーに加わってくれるなら、多少はエクスペディション・ギルドからの信頼を得られるだろう。

「ちょっとちょっと、化け物との戦いで一番活躍するのはあたしなんだけど！　仲間になってもいいけど、パーティーでの一番はあたしなんだからね！」

「ふむ、一番とは何の一番だろうか？」

「そりゃあ決まってるわよ、クリスにとっての一番よ！　主人にとってのアームズが一番頼れて、一番かっこいいのは当然でしょ！」

「ははは、面白い子だな、カムナは！　一番の取り合いなら、うむ、私も滾（たぎ）るなっ！」

「フン！　怪物を倒した数でも何でも挑んできなさい！　絶対に負けないんだから！」

「何を張り合ってるのさ、二人とも……」

聖騎士（パラディン）は怒るでも戸惑うでもなく、かえって挑発しているようだ。

不敵に笑むフレイヤと、子供のように口を尖らせるカムナという、自分とは正反対の性格の二人に少しだけ呆れつつも、クリスは考えてみた。

今の自分がどんな立場に置かれているのか、そしてパーティーの結成などできるのかを。

「……だけどそうだね、俺はもう『高貴なる剣』を追放されてる。ええと、ギルド側には死亡認定されているとか、誰かが話してたような気がするよ」

「ああ、そのようだ。連中の話を聞いた時には、死亡認定書を提出したと言っていた」

「やっぱりか……なら、まず探索者として再登録しないといけないね。ま、Dランクなのには変わりないから構わないけど……」

カムナの右腕の修理を止めた彼は、確かめるように言った。

「フレイヤ、本当にパーティーを組む相手が俺でいいのかい？　探査できるダンジョンは相当限られるし、元聖騎士(パラディン)なら引く手数多(あまた)だと思うけど、本当に俺で……」

「無論だとも！　それともまだ、弱音を吐くのかな？」

「……いいや、俺を頼ってくれるのは嬉しいよ」

クリスは首を横に振り、久しく見せなかった、明るい表情を見せた。

「フレイヤ、それとカムナ。俺と探索者としてパーティーを組んでくれないか」

今この瞬間、彼はホープ・タウンでの痛みや苦しみを乗り越えた。

悲しみに囚われない在り方を見つけることができた。その手伝いをしてくれた人からのスカウトを拒むなど、できるだろうか。

いいや、その逆だ。だから、クリスはカムナとフレイヤを、今度は自分からスカウトした。自分のパーティーに入って、探索者になってほしいと告げた。

カムナとフレイヤは顔を見合わせ、分かり切った結論を述べた。

「はっはっは！　まさか私の方がスカウトされるとは！　承知したぞ、クリス君！」

「言われなくたって、あたしはあんたのアームズなんだから！　ついてくのは当たり前よ！」

赤と金の瞳は、クリスの黒い眼を見つめて離さなかった。

「……よし、決まりだ。俺達三人で、探索者パーティーを組もう！」

「うむ！」

「やった！」

三人でにかっと笑った後、クリスは真っ先に今後の方針を述べた。

「ひとまず、明日エクスペディション・ギルドに行って、俺とカムナの探索者登録を済ませよう。それから必要な道具を揃えて、探索するダンジョンを決めるから、本格的なデビューは明後日になるかな。それでもいいかい？」

『コーン！』

二人に代わって返事をしたコネクトを見て、カムナが笑った。

「ありがと、コネクト。それにしても、何だかいい感じにリーダーっぽいじゃないのよ、クリス。

やっぱあんたは、うじうじしてるより、はきはきしてる方がカッコいいわよ」

「あ、ありがと……」

「明日からよろしく頼むぞ、クリス君！」

少し照れくさそうな様子のクリスだったが、フレイヤが手を伸ばすと、今度は自分から応じるように握手した。

彼女の力強い掌に負けないくらい、今のクリスの心にも熱い炎が灯っていた。

◇◇◇◇◇◇◇◇◇◇

「はーっ！　何日かぶりの水浴びは最高だったわー！」

カムナの明るい声が、夜も更けた宿の一室に響いた。

クリスとカムナはフレイヤと別れ、酒場から少し離れた宿を取った。

『高貴なる剣』に所属していた時のような豪華な宿ではないが、水浴びをする部屋もあるし、ベッドも二つある。部屋を二つ取らなかったのは予算の都合と、常にメンテナンスをしてほしいというカムナの要求が理由だ。

日が暮れるにはちょっぴり早いくらいの時間帯から部屋に入ったクリスが、カムナの右腕を今度こそきちんと直して、今に至る。

コネクトには随分と協力してもらった。頼りになるツールは部屋の隅で丸くなって機能を一時的に停止している。人間でいうところの、睡眠である。

「その肌と体、耐水性があるのは気づいていたけど、シャワーを浴びられるのは凄いね」

「泳げるようにも造られてんのよ、あたし」

食事も睡眠も必要ない体だと豪語していたカムナだが、水を浴びたいとは思うらしい。

水じゃなくてお湯なら――もっと言えば、着ているのがもっと分厚くて着心地の良いパジャマなら、彼女をもっと喜ばせられたのに。

ベッドの端に腰掛けながらそう思い、クリスはため息をついた。

「安い宿でごめんね。今の俺の手持ちじゃこれくらいの部屋しか……」

「気にしなくていいわよ。どんな宿だって、あたしはクリスといられればいいの！」

「……そっか」

本当ならばもっといい宿を取れたのにと思うと申し訳なかったが、カムナはいつだって自分を肯定してくれる。嬉しい反面、少し複雑でもある。

きっとカムナは、そんな悩みを吐露しても、彼を信じて後押ししてくれるだろう。

そんな相手が隣に座り込んだのを見て、クリスはちょっぴり頼りなくはにかんだ。

「ありがとう、カムナ」

「……？　どうしたのよ、急に」

感謝の言葉を聞いて、カムナが首を傾げた。

何度も言ってきた台詞だが、改めて告げると照れくさかった。

「俺を暗い闇から引きずり出してくれた。変われない、今のままだと思い続けていた俺に希望をくれた。人は一瞬でも、わずかな間にでも変われるって教えてくれた」

だが、カムナがいなければ、きっとあそこで朽ちていた。

カムナがいなければ、戻ってこられても死が待っていた。

「俺は一人じゃ何もできなかった。自分の力も、自分も好きになれないまま、心を閉ざしたままで朽ちていくだけだった。君は俺に修理されて助けられたって言ってるけど、逆なんだ。助けられたのは、俺の方なんだよ」

それら全てを差し引いても、自分にとって未知の世界を切り開き、闇と向き合う術を教えてくれたのは彼女なのだ。彼にとっては、命の恩人にも等しいのだ。

「カムナ、本当にありがとう。君に出会えたのは、本当に奇跡だと思ってる」

「クリス……」

「って、何だか恥ずかしいこと言っちゃったね。ごめん、今のは忘れて――」

しばしの静寂の後、クリスは頬を掻き、恥ずかしそうに取り繕った。

「――奇跡だって言いたいのは、あたしの方よ。クリスと出会えたことが、あたしにとって何よりも素敵な奇跡だわ！」

彼の顔を覗き込んで、カムナが満面の笑みで告げた。

彼の存在そのものが、自分にとっていとおしい奇跡だと。

「当然じゃない、当たり前に決まってるじゃない！　あんたがあたしを直してくれたのに、あたしが何もしないはずないじゃない！　ううん、もうそんなのはどうでもいい！」

そうしてカムナは、ばっと彼の前に躍り出てはっきりと言った。

「あたしはクリスが好き！　だから、何だってしてあげたくなるのよ！」

「す、好き……？」

「辛いって思ったら何でも言いなさい、助けてほしいなら何だって言いなさい！　あたしはあんたのアームズで、心の支えでもあるんだから！　そのこと、忘れちゃ駄目よ！」

これほどの愛を与えてもらえる男が、世に何人いるだろうか。

隣にもう一度どすんと座り直してはしゃぐカムナを見て、ふと、クリスは思った。

（ああ、そっか。俺は自分から、独りになってたんだ。独りぼっちじゃないって、こんなに大事で、嬉しくて、幸せなんだ）

今、自分は楽しいのだと。

カムナとの出会いが、フレイヤとの出会いがどうしようもないほど楽しいのだと。

自分の内側に閉じこもって見ようともしなかった世界を知り、ようやく彼は変わりつつあるのだ。

ならば、もう感謝どころの話ではないだろう。

人生の手を引いてくれた彼女達を、これからも信じる。

必要とあらば誰かを解体してでも守ると、彼は心に誓った。

「ねえ、クリス！　これからやっていきたいこと、やりたいこと、何でも話しましょ！　ああ、夜は長いんだから、あたしのやりたいことも聞いてもらうわよ！」

「……うん、何でも聞くよ。カムナの話を、もっと聞かせてほしいな」

こうして、彼と彼女の夜は更けていった。

一方その頃、こちらはホープ・タウンでも最も高級な宿。

普通は探索者が宿泊するような施設ではなく、街を探訪しに来た貴族や金持ちの商人が使うところだ。だが、例外として一組だけ、ここに宿泊できる者達がいる。

「……で、どうすんだ、イザベラ？」

豪奢（ごうしゃ）な部屋の壁にもたれかかって腕を組み、口を尖らせるジェイミー。

そして椅子に腰かけるイザベラとパルマの姉妹からなる、『高貴なる剣』だ。

貴族出身者だけで構成されたこのパーティーは、他の面々とは比べ物にならない資金を有している。半ば道楽で探索を続けているというのに、必死に日々を生きる探索者よりも裕福な生き方ができるのは、皮肉なものだ。

さて、三人はそれぞれの部屋を取っているのに、今は同じ部屋に集まっていた。

「どうする、とは何かしら？」

「何かしら、じゃねえだろ。あのクリスの野郎をぶっ殺して、俺様達がかかされた恥を何百倍にもして返すってのが、お前の部屋に俺様を呼んだ理由じゃねえのか」

彼らが一部屋に集まった理由は、ジェイミーの言う通り、クリスへの報復を含めた今後の対策を練る為だ。

「それとも寂しくなったのか？　しょうがねえな、いつも通り俺様が慰めて……」

「ジェイミー、よしてちょうだい。今はそんな気分じゃないの」

勝手に妄想を膨らませたジェイミーは、イザベラの肩に手をかけた。

だが、ごつごつした手は軽く払われ、彼女は座ったまま話し始めた。

「私が貴方を呼んだのは、確かに今後の方針について決めたことを共有する為よ。さっき、パルマと相談して、ある程度の結論は出たわ」

「パルマとだと？　おいおい、俺様抜きでそんな話をしてたってのか？」

「お姉様と同室ですから……それだけ、です」

妹がすっと姉の肩に触れるのを、恋人は苦々しく睨むだけだった。

どうやらパルマは、姉への庇護精神にあふれているらしい。それこそ、ジェイミーを恋人と認めないどころか、姉に近寄る者すら許さないくらいには。

澱んだ冷徹な目がそれを物語っていた。

「……チッ」

ジェイミーは舌打ちしたが、それ以上何も言わなかった。イザベラは彼がかんしゃくを起こさないことに安心したように、淡々と説明し始めた。

「とりあえず、技術士に関しては昼間の男も併せて、何人かを選別して雇うわ。金に糸目をつけなければ、使い勝手のいい人材が集まるでしょう」

「だな。あいつはクリスが天才だなんて言ってたが、信じられねえしな」

「……はぁ……」

「……まだ、そんなことを……？」

イザベラは、クリスの才能は認めざるを得ないと思っている。その上で、いかにクリスが天才であっても、金を積めば同等の才覚の持ち主が集まるはずだと踏んでの発言だった。

ところが、ジェイミーは逆だった。あれだけ酷い目に遭ったというのにまだクリスの実力を認めていないのだ。

大袈裟なため息をつく妹を横目に見つつ、姉が話を続けた。

「……まあ、いいわ。問題は、私達の実力が低いのだと思われてしまったことよ。訓練で常に好成績を収め、いずれBランクダンジョンすら何の問題もなく攻略するはずの私達の印象が悪くなったのは、技術士の不在よりも問題だわ」

もう一つの問題は、クリスに大敗したことだ。周囲から見れば、新進気鋭のAランクパーティーが、一介の技術士に圧倒されたのだ。

彼女達は自分の力に自信を持っているが、周囲の評価がついてこないのはまずい。なるべく目立ちたいという願望も、人の上に立ちたいという欲望も満たされなくなるのだから。

「それも、問題ねえだろ。俺様一人いれば、どんな魔獣も余裕だぜ！」

もっとも、ジェイミーは未だに、こんな能天気な発言をしているが。

「……ジェイミー。貴方が一番、問題なのよ」

「はぁ？」

的外れなことばかり言い、理解力に欠ける彼に、とうとうイザベラが苦言を呈した。

不穏な空気になり、ジェイミーがこめかみをひくつかせるが、イザベラは彼を糾弾するのをやめようとしない。

「貴方がクリスに、彼の仲間に一撃で倒されていなければ、ここまで評判は下がらなかったわ。アームズを二度も破壊されて、私の命令も聞かなかったわね」

「あのな、それはだな、あいつが卑怯な手を……」

「お姉様の命令も聞けないのに、言い訳を並べるんですか……？」

パルマに同調するように、イザベラはじろりと彼を睨んだ。

もはや恋人に対する視線ではなく、厄介な相手を見る瞳だと悟って、思わずジェイミーは息を呑んだ。

彼女のそんな表情を見るのは——自分にそんな顔を向けられるのは、初めてだったのだ。

「……ジェイミー、パルマは指示に従って攻撃をやめたわ。次もこんなことが続くようなら、残念だけど、他の私の知り合いに貴方の代理を務めてもらうことになるわね」

「そんな心配はいらねえよ！　評価を上げる為にも、早いうちにクリスをぶちのめして、もう一度あの女騎士に力を見せつけて惚れ込ませねえとな！」

姉妹からぶつけられる負の感情を誤魔化すかのように、ジェイミーは吼えた。

「楽しみにしとけ、今度俺様と会った時が、あのクソ野郎の命日だからなぁ！」

そうしてジェイミーは、乱暴に扉を開けて部屋を出ていった。室内の雰囲気に耐えられなかったのだろうが、彼はその事実を認めようとはしないだろう。

元より彼を好いていなかったパルマはともかく、恋人のイザベラすらも、彼への信頼を失っているようだった。あるいは、元からそんなものはなかったのかもしれない。

「……お姉様」

「仕方ないわ、彼は話を聞かないもの。今度へまをしたら、彼の代わりを用意しなさい。今度はもっと従順な男がいいわ。あてはあるわね？」

彼はきっと、イザベラにとって使いやすい人間のうちの一人だ。

中でも一番バカで、愚鈍な番犬のようだから連れてきていただけだ。

「それなら、有望な男は……多くいます。あれでなくとも、構いません」

「流石ね、パルマ。あの男をすぐに思い浮かべるなんて。まあ、もしもだめでも、使える代用品ならいくらでも集められるわ」

イザベラの命令を聞いて、パルマはようやく邪悪な笑みを浮かべた。

「私は――麗しきアルヴァトーレ家の女だもの」

妹の笑顔よりももっと邪悪で悍ましい笑みを、イザベラは湛えていた。

『高貴なる剣』は、ただ一人だけが知らないところで、既に亀裂が入っていた。

第五章　赤鋸のレヴィンズ

クリス達が酒場で話し合った翌日、騒がしい探索者達で溢れかえるエクスペディション・ギルド本部に、新たなパーティーが誕生した。

「――では、『クリス・オーダー』の皆様にダンジョン探索のご説明をさせて頂きます」

本部の受付カウンターに探索者登録をしに来たクリスとカムナ、フレイヤが属するパーティー。

その名も『クリス騎士団』だ。

探索者登録が終わり、そのままパーティーも登録する運びとなった。ただ、ここでクリスがつまずいたのはパーティーの名前である。

そこで、カムナからの提案で、彼の名前を入れることにした。

更にフレイヤが元居た組織の名前を入れたいと提案したのを踏まえて、こんなパーティー名になったのだ。あっさり受諾されたが、当の本人はどこか複雑な顔だ。

「……えっと、本当にこんな名前でいいの？　俺の名前が入ったパーティー名で？」

「あたしは大賛成よ。あんたがリーダーだから、名前が入ってもおかしくないわ」

「うむ、私も同感だ！　クリス君が率いる騎士団とは悪くない！」

『コーン！』

「適当すぎだよ、二人とも。それに、コネクトまで……」

自分の名前が入っているのが恥ずかしくなり、鼻の頭を掻くクリス。

そんな微笑ましい三人を見ていた受付嬢が、申し訳なさそうに口を挟んだ。

「皆様、探索の説明を続けても？」

「あ、すいません。どうぞ」

我に返ったクリスの前で、受付嬢はカウンターの中から分厚い書物を取り出した。

たくさんの文字が書いてある薄汚れた本を開く。顔を寄せるクリス達のいかにも初心者らしい様子に微笑みながら、彼女は説明を始めた。

「まず前提として、ダンジョンは環境の特異性や出現する魔獣の危険性、アイテムの貴重性を総合して、事前調査で『E』から『S』までのランクを付けられます。また、そこで入手した素材や貴重品の情報共有および上納(じょうのう)が、探索の絶対条件となっています」

「探索して手に入れた素材を、自分で売りさばいちゃいけないの？」

「あくまで俺達は、研究施設や国家上層部が行う調査の代行業だからね。素材を少しだけ確保するのは、報告さえすれば許されるけど、独占は許されていないよ」

明らかに最も利益の出そうな行動が許されない理由を答えたのは、クリスだ。

「その通りです。探索依頼から達成までの大まかな流れは、こちらに」

とん、と開かれた書物の一ページには、イラストと共に探索者のルールらしい内容がびっしりと書き込まれていた。あまりにも長いその文章を要約すると、以下の通りだ。

【ダンジョン探索の手順】

①現ランクで探索可能なダンジョンを一覧表で確認する。
②そのダンジョン内で発見されたアイテムのうち、目標とするものを定める。
③探索申請書を作成し、探索料を支払う。
④ダンジョンに向かい、目標アイテムまたはそれを上回る価値のものを持ち帰る。
⑤拾得物をギルドに買い取ってもらい、作った地図を含めた総合評価を貰う。
⑥ギルドは行商人（ぎょうしょうにん）や貴族、国内の研究施設などにそれらを売却する。

【探索者の基本的なルール】

①他の探索者とすれ違ったら挨拶をしましょう。
②無理な探索をせず、危険だと感じたら撤退しましょう。
③ダンジョン内で決闘（けっとう）、それに準ずる行為をしてはいけません。
④非登録探索者を見つけたら、ギルドに報告しましょう。
⑤非登録探索者の誘いに乗ってはいけません。

⑥『絶対に』非登録探索者の誘いに乗ってはいけません。

「……何だか面倒ねえ」

一通り決まりごとの説明を聞いたカムナが、大袈裟に伸びをした。

「でも、探索した結果によってはとてつもない金額の買い取り額が出たり、評価を貰えたりするんだ。職を捨てて探索者になる人が絶えないくらいには、夢のある仕事だよ」

クリスの言う通り、探索者は今最も人気のある職業だ。

相応のリスクはあるが、富と名声を同時に得られる機会のある職業で、前職が何であろうと犯罪者でない限りは資格が得られる。

しかも功績によっては貴族との繋がりが持てると噂されており、やりようによっては一度の探索で生涯遊んで暮らせる金が入る可能性もあるのだから、夢のある仕事と言えるだろう。

ただし、そのせいでならず者や無法者が一時期爆発的に増えたのも事実だ。

エクスペディション・ギルドがなければ、このホープ・タウンも探索者を名乗る危険人物や犯罪者の巣窟となっていたはずだ。

「ちなみにその探索者ですが、それぞれにランクがつけられています。ご自身のランクよりも難易度の高いダンジョンへの探索依頼は受諾いたしかねますので、ご了承ください」

受付嬢の言葉を聞いて、カムナはカウンターの上に置かれた二人分の探索者登録書類に視線を移す。人相書きの隣に記されているのは、ランクを示す『D』の文字だ。

「ランク……あたしとクリスはDで、フレイヤはCよね」

「はい、最初はEランクから始まりますが、どこでもいいので一度調査を完了すればDランクへと昇格します。調査の完了とは、ダンジョンに赴いて、探索者の該当ランクに属する素材またはアイテムを回収すること。もしくは、調査階層の信頼に足る地図を作ることです」

「Eランクから？　でも、あたしは今日から探索者なのに、Dランクよ？」

「今回はオロックリン様に探索の経験がある点を考慮し、共にDランクからの開始としました。以降はダンジョンの踏査回数と成果によって昇格、もしくは降格していきます」

「回数ってことは、何度も同じダンジョンを探索してればいいんじゃないの？」

「そういうわけにはいかないよ。踏査回数と、成果が大事なんだ」

「似たような成果を何度も挙げても、昇格の評価は貰えません。あくまで多種多様なダンジョンを調査して、国やギルドに貢献しなければいけません」

「なるほど、ずるい真似はできないというわけだな！」

「そういうことです。さて、探索を希望するダンジョンをお選びください」

書物を閉じた受付嬢は、代わりに十数枚の書類を並べた。

階層の数や生息する魔獣、採取できる貴重なアイテムなどが事細かに記載されたそれらは、いずれもダンジョンの詳細情報である。

三人よりもずっと先に踏破し、情報を集めてくれた先人達の労力の結晶だ。

「現時点で探索可能なダンジョンです。お好きな行き先をどうぞ」

書類をそれぞれ手に取り、三人は思い思いの感想を口にする。

「Dランクだと、探索できるダンジョンの種類も限られているのだな」

「あたしなら、どんなランクのダンジョンの魔獣だってぶっ飛ばせるのに！　たった三つの中からしか選べないなんて不便だわ」

「誰だって最初はこうだよ。ところで、二人はどんなところを探索したい？」

クリスが問うと、フレイヤとカムナは顔を見合わせ、にっと笑って答えた。

「リーダーは君だ、君が選んだ道に続こう」

「あんたが行きたいところが、あたしの答えよ」

二人にこう言われたリーダーは少し戸惑ったようだったが、彼女達の真面目な目と秘めた信頼を感じて頷くと、数枚の書類を見比べた。

他の探索者と比べれば素人同然だが、この中では最も探索者としての経験は長い。何よりリーダーだと慕われているのだから、自信がないなりに意見を出すべきである。

一枚、二枚と書類をカウンターに置き、最後に残ったそれを、彼は二人に見せた。

「だったら――『深淵の森』。ここなら、最初の第一歩にぴったりじゃないかな」

ばっ、と見せられた一枚の紙に、カムナとフレイヤは顔を寄せた。

「『深淵の森』？　何だか物騒な名前ね」

「けど、今の俺達にはうってつけだ。理由は三つある」

確かに名前だけならば、鬱蒼と茂る森と、闇しか残らない恐るべき世界を彷彿とさせる。だが、クリスは考えがあって、ここを選んだのだ。

三本の指を立てながら、彼は言った。

「まず一つ目に、このダンジョンの総階層数が少なくて、ホープ・タウンから馬車で半日とかからない近さにあること。その分、準備に時間をかけられるからね」

「ふむふむ」

ダンジョンに行くまでに何日もかかり、探索にもっと日数がかかるのは珍しくない。いきなり負担のかかる探索に挑めば、途中で心身共に疲れ切ってしまう。

「二つ目が、採取目標が簡単なこと。この『白金トマト』なんかは最下層にしか生えないけど、あまり珍しくなくて、行きさえすれば簡単にゲットできるはずだよ」

「ほうほう」

ダンジョン説明書の端に記載された純白のトマトは、さほど貴重ではない。その分評価と報酬もまずまずだが、いきなり欲を出せば痛い目に遭いかねない。

とはいえ、この二つは、最後の理由よりも重要ではない。

「三つ目に、他の探索者が現時点で踏査をしていないこと。他の探索者がいても依頼はできるし、目的達成の為に協力するパターンも少なくないけど、Dランク辺りの功績に飢えてる相手だったら最悪だ。私欲の為に、とんでもないことをしでかす人もいるんだ」

ある意味では、この三つ目の理由こそが、クリスが最も重要視している点だった。

ダンジョンの数に対して探索者の数は非常に多い。現在発見されているダンジョンは百を優に超えており、未発見のダンジョンを加えれば更に三倍近い数になると言われている。しかし、それでも探索者の数を考えると多くはない。

ギルド側が入る人数を制限しているとはいえ、一組につき一つのダンジョンではなく、複数の探索者パーティーが同じダンジョンを踏査するのは常識だ。

一つの階層が非常に広いので遭遇するのは稀だが、あり得ないわけではない。鉢合わせたり、一つしかない出入口から一緒に出入りしたりというのも珍しくない。

もちろん双方が協力してダンジョンを調査できれば最高だが、相手がならず者である可能性は捨てきれない。

もしそうなら、最大の敵は魔獣ではなくその者達となる。

ギルドは当然無法な行為を禁止しているが、ダンジョン内はある意味で無法地帯でもある。

「物騒な話ね。ま、もしもクリスに手を出す奴がいたら、あたしが頭をカチ割るだけよ」

「はは、いざという時は助けてもらうよ」

「まっかせなさい！　このカムナオイノカミ様が、あんたを守ってあげるんだから！　ついでに

『アメノヌボコ』も見つけちゃうわよ！」

クリスは同業者がいないダンジョンを選んだが、カムナは余裕綽々(しゃくしゃく)だ。

胸をどんと叩くカムナの頼もしさに、クリスは思わず口元を綻(ほころ)ばせた。

「それじゃあ、探索先は『深淵の森』で、採取目標は『白金トマト』でいいかな？」

彼が問うと、二人は同時に頷いた。

きっと、どこであっても二人は彼についてきてくれる。

信頼されることへの喜びを噛み締めながら、クリスは書類を受付嬢に返した。

「分かった。受付嬢さん、このダンジョンに行きます。探索料は……はい、これで」

ズボンのポケットから金貨を何枚か取り出し、受付嬢に渡す。彼女はカウンターの下から専用の書類を取り出すと、さらさらと羽根ペンを走らせた。

「では、こちらで受領いたします。探索期限は五日間ですので、この日数を過ぎると救助隊を派遣します。同時にペナルティを科しますので、ご注意ください」

「ペナルティなんて、物騒な話ね」

「死ぬよりはましだよ。生きていれば、またダンジョンに挑む機会はあるからね」

クリスとカムナのやり取りを見ていた受付嬢が、ふと思い出したように口を開いた。

「そういえば、警告しておくことがあります。近頃、ダンジョンのランク以上に危険な魔獣が目撃されています。救助隊も何度か遭遇していますし、中にはこれまで見たこともないような姿かたちをしているものもいるようです」

　和気あいあいとした三人の雰囲気が、急に変わった。

　クリスが選んだのはDランクダンジョンの中でも、危険な魔獣が少ないところだ。自分達は新米探索者であり、リスクを背負うことは避けたかった。

「見たこともない……魔獣？」

「『深淵の森』ではまだ目撃例がありませんが、念の為……はい、受付完了です」

　受付嬢がさらりと話を終えるのと、申請の受理が完了するのは同時だった。

　彼女は羽根ペンを置くと、小さく微笑みながらクリスに言った。

「それにしても安心しました、クリスさん。『高貴なる剣』の方々から無謀な行動の末に亡くなったと聞いた時は、貴方ほど誠実な方が、まさかとは思いましたが……」

　クリスは驚いたが、同じくらい嬉しさが心の底からこみあげてきた。

　カムナやフレイヤからありったけの信頼を注がれた彼は、もう誰にも信じられなくてもいいとすら思い始めていた。

　だが、こうして心配してもらえると、忘れていた感情を思い出したような気分になった。

　もしかしたら、受付嬢は最初から自分の身を案じてくれていたのかも。

　心を閉ざしていた自分が気づいていなかっただけで、そんな素振りもあったのかも。

　どうにも照れくさくなったクリスは、顎を掻いて、捻り出すように呟いた。

「俺は一度死にましたよ。『高貴なる剣』に所属していた頃の俺は、ですけど」

「……そうですか。何だか、これまでのクリスさんとは変わりましたね」

格好つけたような臭い台詞に、受付嬢は目を丸くしたが、心境の変化の表れだと察したようで、くすりと笑って答えた。

決して小バカにしているのではなく、人の成長を喜ぶ朗らかな笑みだった。

「私情を挟むのは良くありませんが、私は『クリス・オーダー』の健闘をお祈りいたします。無事に帰ってきてくださいね」

そう言ってぺこりと頭を下げる受付嬢に背を向けて、クリス達は外に出た。

クリスはそわそわして落ち着かない様子だが、カムナはにまにまと口元を緩め、フレイヤはいたく感心したような顔をしていた。

「何よ、カッコいいこと言っちゃって！」

カムナに肘で小突かれたクリスは、頬を赤く染めた。

「つい、口から出ちゃったんだよ。俺、ああいうキャラじゃないんだけどなあ……」

「いいじゃないか、成長した証だ！　さて、予定通り『大市場』に行くとしようっ！　探索に必要な道具を揃えておかねばな！」

「……そうだね、行こうか」

ギルド本部から出た三人は、今日は酒場とは別方向へと歩いていった。

向かうのはホープ・タウンで最も大きい市場。エクスペディション・ギルドが管轄し、ダンジョンで手に入れられる素材やアイテムが揃う唯一の場所だ。

正式名称を『ギルド管理市場地帯』――通称『大市場』だ。

◇◇◇◇◇◇◇◇◇◇◇◇

「――へえ、魔法使い(ウィザード)が不思議な力を使うのにも、アームズが必要なのね」

「杖の先端に付いている水晶、あれは特殊なエネルギーを常に溜め込んでいる！　それを解き放って魔獣に有効なダメージを与えるというわけだな！」

ギルド本部を離れた『クリス・オーダー』の三人は、東に向かって歩いていた。

陽が昇った街は活気に溢れ、様々な職業の人が老若男女問わず、せかせかと歩いている。あまりに騒々しいので、ホープ・タウンに来て間もない人は驚くものだ。

「水晶と杖を繋ぐのは調整の中でもかなり……おっと、着いたよ。ここが『大市場』だ」

魔法と呼ばれる摩訶不思議な力を使う、探索者の中でも珍しい人たちについてフレイヤが説明していると、一層人の声が大きくなった区域の前でクリスが足を止めた。

つられて止まったカムナは、正面の景色を見て唖然とした。

そこは、人々でごった返す未知の世界だった。幅の広い一本道に沿って、無数にお店が並んでいる。

豪勢な二階建てもあれば、小さな露店もある。

貴族らしい格好の者もいれば、一文無しらしい浮浪者もいる。

ただ一つ共通しているのは、ここに来ている誰もが、何かを売り、買いに来ているということだ。

この人混みの全てが、何かを求めてここに来ているのだ。

「……凄い……クリス、ここに見える建物、全部がお店なの？」

「うん、エクスペディション・ギルドに営業を許可された、探索関連専門の店舗と飲食店だけが構える通りだ。ホープ・タウンでここ以上に人が集まる場所はないよ」

「私も何度か来たことはあるが、相変わらずの賑わいぶりだな！」

ぽかんと口を開けたカムナの反応を楽しむように、クリスとフレイヤが答えた。

顔を見合わせて笑った二人が歩き出すと、カムナも慌ててついていった。

「凄い、凄いわ！　あっちの黄色い球は何？　アームズばっかり売ってるお店もあるわ！　見て見て、ダンジョンの中でしか採れない野菜の盛り合わせだって、凄く美味しそうじゃない！　あたしは食べられないけど、それに……」

さっきまでの放心はどこへやら、今度は好奇心と探求心が爆発したかのように、目を輝かせてクリスを質問攻めにする。

「落ち着いて、カムナ。必要なものをまとめたから、まずはそれを調達しよう」

「そ、そうよね！　ごめん、あたしったらテンション上がっちゃって……あっ!?」

愛らしい子供のように騒ぐカムナを、クリスが頭を撫でて落ち着かせる。

熱気で頬を染めたカムナだったが、今度は驚いた調子で向こうを指さした。

「クリス、あれ、魔獣よ！　何でこんなところに!?」

彼女の言う通り、指さした先には恐ろしい姿の怪物がいた。

確かに、ダンジョンにしかいないはずの魔獣がこんなところにいるのはおかしい。カムナは、あれだけ危険な怪物が、人混みの中で暴れ回ったらと考えているようだ。

「はっはっは、確かに街中に魔獣がいるのはおかしいな！　だが安心しろ、カムナ。彼奴は生け捕りにされたものだ、これからギルド本部に運ばれるのだろう！」

カムナが臨戦態勢になるよりも先に、フレイヤが大笑いした。

周りの人間が誰も逃げないのは、魔獣が生け捕りにされたものだと知っているからだ。捕まえたのは恐らく、怪物を乗せた台車の周りにいる探索者だろう。

フレイヤは騎士としての血が騒いだのか、買い物も忘れてのしのしと台車に歩み寄った。騎士の制服を着た女性が来たと知ると、探索者らしい数人の男性が自慢げに笑った。

フレイヤは魔獣を見上げて彼らに声をかける。

「蜘蛛型の魔獣、『八本脚』だな！　まだまだ子供のようだが、聖騎士をてこずらせるほどの怪物を捕らえるとは、やるじゃあないか！」

『八本脚』と呼ばれた魔獣は、文字通り八つの長い脚を持つ蜘蛛だ。

幼体だというが、小さな家屋ほど大きく、鋼の装甲で守られた長い脚は、先端で人を突き殺せるほど鋭い。何より、紫と黄色の入り混じったおどろおどろしい体の色が、蜘蛛の危険性を物語っている。

このような怪物は、女騎士の言葉通り、討伐には難儀するだろう。

「そうでもねえよ、余裕だぜ！」

「Cランク探索者の俺達なら、生け捕りくらい朝飯前よ！」

「これなら相当な額での引き取りになるだろう、それに……むっ」

フレイヤは彼らを褒めようとしたが、急に表情を一変させた。

閉じた『八本脚』の目を凝視しながら、赤い瞳を細めて、彼女は聞いた。

「聞いておきたいんだが、最後にこの魔獣に睡眠薬を投入したのはいつだ」

「いつって、三日前だよ。睡眠作用を引き起こす魔獣の素材を使った特別な矢があるんだ。アームズを使って、それで脚をズドンと一発、撃ったきりさ」

探索者が自慢げに取り出したのは、紫色の液体が入った瓶を取り付けた、ボウガン型のアームズだ。矢に薬を塗布して、睡眠作用を引き起こすようだ。

一同は何の不安も疑いもないようだが、フレイヤの顔は一層険しくなった。

「……まずいな」

「どうしたんだ、フレイヤ？　まずいって、何がだ？」

後ろからクリスが問いかけたが、それに答えるより先に、フレイヤが叫んだ。

「お前達、もう一度睡眠薬を投与しろ！　こいつはもう目覚めかけている！」

なんと、この巨大で恐ろしい魔獣が目覚めるというのだ。どうやって気づいたのかは定かではないが、彼女の目は真剣だ。

探索者も含めた周囲の人々がわずかに動揺したが、そのうちの一人が笑い飛ばした。

「目が覚めるだってぇ？　バカ言え、俺達が使ってるアームズは一流の技術士（エンジニア）が経営してる店で買った『睡眠弩弓（すいみんどきゅう）』だぞ？」

「そうそう、一度撃ち込めば五日は起きないって――」

商品の説明通りに使えば、確かに五日間は眠ったままだろう。

ただし、便利なアイテムの多くは、正しい使い方をされないのだ。特に命にかかわるようなシチュエーションでこそ運用法が重視されるのに、たいていは蔑（ないがし）ろにされる。

では、そんな横着や慢心が魔獣に適用されると、どうなるか。

「――え？」

答えは、これだ。

探索者達の後ろで微かな悲鳴が起こったのを聞いて、彼らは振り向いた。

そこにいたのは、黄色い八つの瞳と、解けた縄と砕けた台車、そしてのっそりと起き上がる丸みを帯びた腹。顔をゆっくりと上げた先には、竹林の如き脚。

辺り一面が一瞬沈黙し、それはわずかに息を吸い、叫んだ。

『キュルオォォッ！』

「ぎゃああああーッ！」

フレイヤの言葉通り『八本脚』はいななき、細く鋭い脚を振り上げて暴れ始めた。

「逃げろぉ！　魔獣が暴れてるぞぉーッ！」

「誰か、自警団を呼んでくれ！」

辺りの騒々しさは、たちまち恐怖と悪夢の叫びに取って代わった。

買い物に勤(いそ)しんでいた貴婦人(きふじん)も、露店を開いていた男も、遊んでいた子供達も、誰もかれもが逃げ回る。その中心で『八本脚』は叫び、刃(やいば)の如き脚を振り回す。

寝ぼけた戯れのような動きだが、相手は幼児ではなく魔獣だ。じゃれているように見えても、実際は露店を薙ぎ倒し、地面や壁に容易く風穴を開ける。

そんな中、クリス達三人は怪物と対峙(たいじ)していた。

「フレイヤ、どうして目覚めると分かったんだ!?」

「睡眠作用のある矢は、胴体かそれより上に撃ち込むのが定石(じょうせき)だ！　脚でも効果はあるが、効き目は薄い！　何よりあれはまばたきをしていた！」

クリス達が魔獣と戦わねばならない理由はない。だが、だからといってこのまま魔獣を放っておくわけにはいかない。

自警団が来たとしても、彼らはあくまで人間を取り締まることが仕事なのだ。人間とは勝手が違う怪物に対処できるかどうかは分からない。

「何だか知らないけど、あたしに任せなさい！　あんな虫、殴り殺して――」

ならば、とカムナが腕を回して前に出ようとしたが、それよりも先に動く影があった。

「――いいや、私が相手しようっ！」

フレイヤだ。

背中に携(たずさ)えた巨大なアームズの柄(つか)を掴んだ彼女が、怪物の前に立ち塞がったのだ。

「フレイヤ!?」

「なっ、あたしの出番を取らないでよ！」

「すまないな、カムナ！　だが私はここに来て、まだこれを振るっていないんだ！　ダンジョン突入の前に、なまった体を起こしておきたい！」

驚くクリスと、頬を膨らませるカムナの前に立つフレイヤは、これ以上ないくらい熱気に満ち溢れた顔をしているのだろうと、二人にも分かった。

「それに、これだけの大物を前にすると、元聖騎士(パラディン)の血が騒いで仕方ないっ！」

カムナですら、獲物を奪われた不服を忘れるほど、フレイヤの魂の炎は燃え盛っていた。

彼女はやや暑苦しいだけの女性ではない。

勇猛なる、熱き血を滾らせる聖騎士（パラディン）だ。

「クリス君、カムナ！　人々の避難を誘導してくれ！　安心しろ、すぐに仕留める！」

「フレイヤ……分かった！」

「ああ、もう、今回だけよ！　ほら、あんた達もぼさっとしてないで逃げなさいよ！」

自信と熱意に満ち満ちた声が轟くと、クリスも、カムナも頷くほかなかった。

二人の声に圧（お）されるように、残っていた野次馬達がその場を離れてゆく。

一般市民の避難を横目で確認したフレイヤは、もう一度敵を見据えた。向こうもまた、小さな人間の女性を数多の瞳で見つめている。

「……さて、『八本脚』の相手は久方ぶりだな」

フレイヤが呟いたことすら気に障（さわ）ったのか、先に動いたのは怪物の方だった。

針金の如き脚から放たれる、巨躯（きょく）に似合わない素早い突きは、フレイヤが今しがた立っていた地面を串刺しにした。もしも命中していれば、人間などひとたまりもないだろう。

だが、彼女は軽い身のこなしで一撃を回避した。

「比較的温厚な虫型の魔獣にしては、随分と好戦的だな！　ならばこちらも、早々に斬り刻むとしようかっ！」

連続して放たれる魔獣の攻撃を避け、背に携えた柄（つか）に力を込めてアームズを引き抜く。

そうして、腕に血管が浮かぶほどの力で引き抜かれた深紅のアームズは、たちまちフレイヤの背丈を超えるほどの長さと大きさになった。

背負っていた時よりも長さが倍近くなっているのは、恐らく抜刀と同時に変形したからだろう。およそ剣とは呼べない、奇怪かつ機械的なアームズを、クリスは今まで一度だって見たことがなかった。

そんな彼の視線と、蜘蛛の視線を感じたフレイヤは歯を見せて笑い、内側に仕込まれている引き金のような部位ごと柄を思い切り握りしめた。

「ゆくぞ、『グレイヴ』！　『赤鋸のレヴィンズ』の力を見せてやろう！」

次の瞬間、耳を劈く轟音が響き渡った。

しかもそれだけでなく、大剣で言う刃の部分が、とんでもない勢いで動き始めたのだ。巻き付けている鎖が一秒に何十、何百も回転すればこんな音になるだろうか。

「何だ、あのアームズは⁉　凄まじい速度で回転して……」

「それに何なの、この音は⁉　あたしの聴覚機能がマヒしちゃうじゃない！」

思わず耳を塞いだクリスとカムナの前で、『八本脚』は不快感を露わにした。

一刻も早く音を止めようと脚を振り上げた魔獣だが、巨大なアームズを持っているにもかかわらず、先に動いたのはフレイヤだった。

大袈裟な挙動で振り下ろされた一撃は、しかし人間技とは思えないほどの速さで、鋼色の装甲に包まれた脚を弾いた――というより、斬り落とした。

『キリュアアァァーッ!?』

「これしきの装甲、『グレイヴ』の回転する刃の前では無力だ！」

青い血を振りまいて喚く怪物の隙を逃さず、フレイヤは更に他の脚にアームズをあてがう。

すると、今度は一層大きな音を立てて、鋼鉄に等しい硬さの鎧ごと脚を裂いた。睡眠作用を持つ矢が当たった生肉の部位ではなく、最も硬いはずの部位を、だ。

目を閉じて耳を塞ぎ続けるカムナの隣で、その光景を凝視するクリスは理解した。

「まさか、回転している面全てに刃がついている!?　それを凄まじい速度で回転させて、触れた部分を鋸のように削り斬って攻撃するのか!?」

クリスの目には、フレイヤのアームズが木材を引いて斬る『鋸』に見えた。

分厚い刀身の間に見えた、無数に連なる小さな刃を、このアームズは超高速で稼働させて攻撃しているのである。肌に鋸刃を当てて引き斬るだけでも痛いのに、凄絶な速度で直撃させれば、痛いどころでは済まないだろう。

アームズは、時折噛み合わせが悪いかのように不快な金属音を立てる。この勢いなら、魔獣の装甲を無理矢理斬り落とす破壊力にも納得できる。

「でりゃああッ！」

そうこうするうちに、鋭い脚が繰り出す突きを紙一重で避けるフレイヤは、蜘蛛の持つ脚のうち、半分を真っ二つにしていた。

『八本脚』はどうにか姿勢を保とうとしていたが、遂に盛大な音を立てて転んでしまった。

「半分の脚ではバランスも取れまい……終わりにしてやろうッ！」

残った脚を足掻くようにばたつかせる怪物を、彼女は正面から見下ろす。

そして魔獣にかける情けはないとばかりに、両手で鋸を持ち上げる。

「お、おい、待ってくれ！」

どこかの誰かの制止が聞こえたが、知ったことではないと吼えるかの如く――。

「我流聖騎士剣術――『剛力斬り』ッ！」

フレイヤは回転式大鋸『グレイヴ』を、怪物の頭に振り下ろした。

『ギュ、ガギュウウイイィ!?』

「はぁあああああぁぁーッ！」

回転する鋸から煙が噴き出るほどの勢いで叩きつけられた一撃は、魔獣の頭に食い込んだ。

勢いを保ったままアームズの刃が肉を抉り削ぎ、細切れへと変貌させてゆく。

技と呼ぶには豪快で単直すぎる一撃が、遂に怪物の脳天へと届いた時、変化は起きた。

『ガ、ギュグウウ……』

目から生気を失った魔獣が、ぴくりとも動かなくなったのだ。

痙攣すらせず、半分だけ残った脚をだらりと垂らす様は、間違いなく生命の死を意味していた。

未だに煙を噴く大鋸を頭から抜き取り、フレイヤは肩に担いで笑った。

「……ふう、これにて一安心だな！」

彼女が大きな声で宣言すると、離れたところまで逃げていた一般市民が戻ってきた。

「や、やったのか？」

「すげえ、あの嬢ちゃんが魔獣を倒しちまったぞ！」

「誰か、ギルドの連中を呼んでこい！　あのバケモンを処理させねえと！」

最初は誰もが疑っていたが、血を撒き散らして死んだ『八本脚』の様を見ると、不安から一転、彼らの口調は安堵と尊敬へと変わってゆく。

近くの露店の店主の言葉に頷いた何人かがギルド本部へと走り出し、大市場は再び人で賑わい始めた。さっきまでは人命を脅かしていた化け物も、こうなれば麗しき勇士（ゆうし）の添え物に過ぎなくなる。

がやがやと集まる人混みを掻き分け、クリスとカムナも彼女に駆け寄った。

「凄いな、フレイヤ……見たことのない十字架もそうだけど、そんな大きなものを持ち上げる力の持ち主だなんて、流石は聖騎士（パラディン）だね」

「ま、まあ、パワーは認めてやってもいいわよ。あたしほどじゃないけどね！」

「ははは、褒めてもらえるのは嬉しいな！　クリス君の言う通り、確かにこれはレヴィンズ家に伝わる唯一無二（ゆいいつむに）のアームズだ！　魔獣の心臓を活（い）きたまま用いることで、これだけの力を発揮させられるのが強みだ！」

素直な尊敬と素直でない敬意を受け、フレイヤは大声で笑ったが、その直後、困り顔になった。

「だが、万能とは言えない！　このアームズには大きな問題もあるっ！」

そう言って彼女が担いでいた鋸を下ろすと、クリス達はその理由を悟った。

「うわ……煙が噴いてるじゃない。これは酷いわね……」

カムナの言葉が示す通り、フレイヤのアームズは完全に故障していた。

刀身の内側から焦げ付いたような匂いと共に、黒い煙がもくもくと流れ出ている。引き金を何度か握っても機能せず、半ばスクラップになっているのは明白だ。

「このように、一度使うと部品同士の噛み合いが外れて、しばらく使えなくなるっ！」

「じゃあ何で戦うなんて言ったのよ！　このままダンジョンに行っても使えないいんじゃ、アームズを持ってる意味がないじゃない！」

「いやあ、さっきも言った通り我慢できなくてな！　はっはっはっ！」

「はっはっは、って笑ってる場合かーっ！」

どうやらフレイヤ・レヴィンズという女性は、底抜けの明るさと熱血と共に、猪突猛進さを併せ持つようだ。思慮深さもあるのだろうが、たいていは騎士の血のざわつきを優先するらしい。

「……フレイヤ、アームズを貸して。直してみるよ」

大笑いするフレイヤと怒鳴るカムナの横で、顎に指をあてがっていたクリスが言った。

彼は大鋸を彼女から受け取ると、その場に座り込んで修理用ツールを取り出した。一方でフレイヤは、渡しこそしたがやや苦笑していた。

「む、気持ちは嬉しいがクリス君、これは簡単に調整が利かないんだ。聖騎士団に所属していた頃も、何度か専任の技術士に頼んだがまるで——」

女騎士とて、故障が頻発すると知って放置していたわけではないが、聖騎士団専任の技術士に何度直してもらっても駄目だった。

だからクリスの腕を疑っていなくとも、直すのは難しいだろうと考えていた。

彼に出会った時に修理を依頼しなかったのも、上手くいかないと思っていたからだ。

「よし、直った。これで多分、毎回直す必要はなくなると思うよ」

——それは、ある意味クリスの手腕を侮っていたということなのだが。

わずかな間にアームズを分解して組み立て直した彼は、さらりとそれを持ち主に渡した。

「……なんと」

信じられないといった調子で愛用のアームズを再び受け取ったフレイヤは、煙を立てなくなった『グレイヴ』の引き金を引く。鳴り響いた音は先ほどまでのそれよりもずっと鋭く、それでいて異臭はしなかった。

「摩耗が激しい部品があったから、それを外して内部機構同士をもう一度くっつけたんだ。きっとこれまで直らなかったのは、構造から無理に弄ろうとしなかったからだね。他のアームズよりも内部構造が複雑だから、ある意味では正解なんだけど……」

手を離し、もう一度引き金を引く。カムナが耳を押さえるほど激しい刃の回転音が鳴るが、やはり煙は出てこなかった。つまり、クリスは完璧にアームズを調整したのだ。

これまでどんな技術士も成しえなかった修理の詳細を、あっけらかんと言ってのけるクリスに対し、フレイヤは身を震わせる。

「ああ、無理矢理な直し方でごめんね。俺の修理って、いつもこうだから……」

てっきりフレイヤが乱暴な修理に苛立っているのかと彼は思ったのだが、全く逆だった。

「――やはり君は、素晴らしいなっ！」

「わぶっ⁉」

修理の腕に感極まったフレイヤは、思わず彼を強く抱きしめた。

巨大なアームズを容易く振り回す剛力なフレイヤだが、クリスを胸元に抱き寄せる力はとても優しく、喜びと感謝、そして愛情に満ち溢れていた。

その表情もまた、愛らしいものを手に入れたかのような幸福感に満ちた笑顔だ。

「ありがとう、クリス君！　私の目は狂っていなかった、君は最高の技術士だ！」

（息、息が苦しい⁉）

フレイヤは正直な感情を伝えたが、クリスはそれどころではない。

衣服越しに伝わる柔らかさには、いかに鈍感であっても、男性であれば逆らえない。カムナが密着した時ですら悶（もだ）えたのだから、まして衆人環視の状況ではクリスが狼狽するのも当然だ。

「こ、こらーっ！　クリスから離れなさい、近づきすぎなのよー！」

「いやあ、カムナには申し訳ないが、今はそうはいかない！　私はどうも彼を……」

もちろん、二人の過剰なスキンシップをカムナが許さないのも当然だ。

胸元に顔を埋めさせるフレイヤと引き剥がそうとするカムナ、そして窒息しかけているクリスの微笑ましいような何とも言えない光景に、周囲は苦笑していた。

「――おい、てめぇ！　よくも『八本脚』を殺してくれたなァ！」

憤怒の形相で怒鳴り散らす探索者達を除いては、だが。

怒声を聞いたカムナとフレイヤ、野次馬達は視線を向けた。

彼らは魔獣を運んでいたCランク探索者で、全員がアームズに手をかけ、今にも迫ってきそうだった。注目がそちらに集まったおかげでフレイヤの腕の力が緩み、クリスは赤らんだ顔を男達に向けることができた。

「……えっと、何を言ってるんだ？」

「あの魔獣はな、生け捕りにしないと報酬が半減しちまうんだよ！　死んだだけならまだしも、脚も頭も潰されて、これじゃあギルドが引き取ってくれねえだろうが！」

「どうしてくれんだ、この野郎！　弁償しやがれ、弁償だ！」

「な、何だって？」

なんと彼らは、『八本脚』を倒したことに対して、弁償しろと言っているのだ。

危うく死にかけていたはずの面々だが、助かった事実よりも、目先の利益が失われたことに怒っている。クリスは戸惑い、フレイヤは心底軽蔑した顔を見せた。

「……お前達、自分の命が助かっただけでもありがたいとは思わないのか？」

「俺達はCランクだぞ、あいつが暴れ回っても逃げ切れるに決まってんだろうが！」

「自分達の手際の悪さで、周囲に破壊がもたらされても、何とも思わないのか？」

「知ったこっちゃねえよ、んなもん！」

「それより弁償するのか、しねえのか、アァ⁉」

フレイヤは、男達は動揺しているだけだと聞き流そうとしたが、どうやら彼らは本気で賠償金（ばいしょうきん）を求めているらしい。

「助けてもらってあの態度かよ？」

「私達も、危うく死にかけたってのに……」

あまりにも愚かで間抜けな探索者達に、周囲の人々のみならず、フレイヤも呆れを通り越して嫌悪感を抱いているようだった。

やれやれ、といった調子で首を横に振った彼女は、クリスを胸元から解放した。

「……群衆の白い目にも気づかないとは、呆れた連中だ。何か言ってやれ、クリス君」

「え、俺が⁉」

そして、とんでもない無茶ぶりをした。

押し出されるようにして、血気盛んな探索者達の前に立たされたクリス。当然だが、彼には交渉の経験はないし、人を宥められるような話術もない。

「あー……えっと、命あっての物種って言うだろう？　無事に済んだんだし、今回は駄目でも、もう一度ダンジョンに挑めばいいんじゃないかな？」

クリスは努めて下手に出て、なるべく彼らの感情を荒立てない言い方を選んだ。

普通ならば相手も納得し、手を引いただろう。あるいは罵詈雑言を飛ばしながらも諦めただろうが、目の前で説得する男は、美人の女騎士に過剰なスキンシップをしてもらえるラッキーボーイで、ついでに頼りなさそうな細身の青年だった。

たくさんの意味で、探索者達が納得する理由にも、許す理由にもならなかった。

「……ぶっ殺すッ！」

彼らは一斉に手斧型のアームズを腰から引き抜き、襲いかかってきた。

「お、おい!?　何でそうなるのさ!?」

「うるせえ！　人前でいちゃつきやがって、ムカつくんだんぼッ」

直撃しかけた手斧での攻撃は、すんでのところで止められた。

正確に言うと、最もクリスに近かった探索者の顔面に右拳が直撃したのだ。

しかも、ガシャンというスライド音と共に放たれた一撃は、大の男を宙で一回転させる力を持っていた。

探索者の男が回りながら転がっていったのを見て、残りの連中はたちまち足を止めた。

殴られた男は地面と熱烈なキスをしてしまい、噴き出す鼻血とへこんだ顔を直すのに必死だ。

「あ、あが、あがが！　あごが、はず、れ、だぁ⁉」

「顎が千切れなくて良かったわね。イラついてたし、口を吹っ飛ばしてやるつもりで殴ってやったんだけど」

顎が外れたらしい彼を無視して、殴った張本人が腕を組んで仁王立ちしていた。

クリスを守るように立つのは、彼のアームズにして守護神でもあるカムナオイノカミだ。

どうやら多くの出番をフレイヤに取られて苛立っているようで、こめかみに青筋を立てて首を鳴らしている。鋼の少女に血管があるかは怪しいが、怒っているのは確かだ。

「お、お前、何しやがるんばッ」

そんな彼女が、ならず者同然の連中に遠慮する道理はない。腕をぐるぐると回して、カムナは有無を言わさず、自分に一番近い男の腹を殴り飛ばした。

魔獣すらノックアウトさせる打撃に、Cランクとはいえ探索者が耐えられるはずがない。これまた吹っ飛ぶ男と残った有象無象を、彼女はぎろりと睨んだ。

「何しやがるって、あんた達がクリスに手を出そうとしたんでしょ。言っておくけど、ラッキーだと思うわよ？　もしもクリスに触れてたら、その手を捻じ切ってやってたわ」

「なん、だ、とぉ……⁉」

「カムナ、助けてくれたのは嬉しいけど、やりすぎだよ……」

「これくらいしてやんないと分かんないのよ、こいつらは！　それよりもちゃんと主人を守ったんだから、もっとしっかり褒めてちょうだい！　頭を撫でてもいいわよ！」

一方、クリスは嬉しさ半分、複雑さ半分だった。

まさかカムナが、半年は動けないくらいの怪我を負わせるとは思わなかったのだ。

それでもひとまず主人としては褒めておくべきだろう。

「ええっと……はいはい。ありがとうね、カムナ」

「そうそう、大人しくあたしを褒めればいいのよ！　ふふふ……！」

ひとまずカムナの頭をクリスが撫でると、彼女はご満悦（まんえつ）の様子で微笑んだ。

さっきまでの気迫はどこへやら、クリスに甘える姿はまるで猫のようだ。もっとも彼女の場合は、クリスに限って猫、他の有象無象には虎か獅子（しし）のような態度を取るのだ。

フレイヤも微笑ましく見守る和やかな光景だが、殴られた方はたまったものではない。

「お、お前らぁ……俺達にこんなことをして、『あの人』が黙ってると思ってんのか！」

鼻血を撒き散らしながら喚く男の言葉に、周囲がわずかに騒めいた。

「あの人？」

「そうだ、俺達に資金を提供してくれてるAランクの探索者だよ！　俺達がやられたと知ったら、あの人はきっと自分の顔に泥を塗られたと思って、黙っちゃいないはずだぜ！」

どうやら、彼らの慢心の理由は、バックアップしてくれる誰かの存在のようだ。

他人頼みの姿勢に、大袈裟にため息をついたカムナの怒りは鎮火してしまった。フレイヤはというと、呆れを通り越して無関心になっている。

「これだけ周りに冷たい視線を向けられてるのに、まだそんなことを言える間抜けさが羨ましいわ。で、どこにいるのよ、その人ってのは――」

「――俺様だよ。また会ったなぁ、クリスぅ？」

カムナの問いかけに、他の誰でもなく本人が答えた。

自分の立場や権力を常に意識した、鼻につく声。

恐らく現時点で最も聞きたくない声が、三人の耳に飛び込んできた。

「……ジェイミー……」

嫌味っぽい声が響いた方から躍り出てきたのは、やはり『高貴なる剣』のジェイミーだった。

茶色の短髪を撫でつけながら現れた彼は、やはりクリス達を見下している。周りの人々はAランクを名乗る探索者の登場に、慄いているように見えた。

「あんた、『高貴なる剣』のオマヌケ担当よね。あんたが、こいつらの親玉ってわけ？」

「そうだよ。そこにいる可愛い子分達はな、マイヤー家が金銭支援する代わりに俺様の手足として働いてる……誰がオマヌケだ、てめぇ！」

「反応が遅いわね。本当にオマヌケじゃないのよ」

クリスやフレイヤ、特にカムナにとっては大した相手ではない。

こんな会話ができるほどなのだから、ジェイミーはカムナに相当軽視されている。

「それよりもてめぇら、俺様の可愛い子分達をよくも傷つけてくれたな？　こいつらの面倒を見てる立場としてよ、許すわけにはいかねえよな」

大袈裟にため息をつくカムナを無視し、ジェイミーは気を取り直して言った。

クリスもフレイヤもこれはまずいと思った。

仮に金を要求するなら、ジェイミーのことだ、とんでもない額を要求するに違いない。

払えなければ暴力や権力で叩き潰す。資産を持ったチンピラの行動としては常套手段だ。

「……何が欲しいんだ？　お金なら、出せる範囲で……」

「賠償金はいらねえよ。代わりに、そこの女騎士を寄越しな」

「は？」

どれほどの額を請求されるのかと身構えた二人だが、答えは意外なものだった。

なんと、ジェイミーが求めたのは金ではなく、またもフレイヤの身柄だった。

流石の女騎士も、目を丸くして唖然とした。

まさか、話を断った次の日にスカウトされるとは思ってもみなかった。ちなみに訳が分からないと言いたげなのは、子分の探索者もだ。

「じぇ、ジェイミーさん!?　あんな奴よりも金をですね……」

「うるせえな、黙ってろ。金なら後で俺様の実家に支払わせてやるからよ」

可愛い子分の望みをあっさりと一蹴したジェイミーは、にやつきながら話を続ける。

「俺様は欲しいものは全部手に入れる主義でな、綺麗な女と探索者の名誉は手に入れたけどよ、まだ足りねえんだわ。そうだな、例えば俺の身を護る護衛とかな」

ジェイミーの目が、フレイヤの制服越しに体の出っ張った部分を視姦する。彼女を手に入れる機会を再び得たと思い込んでいるのか、舌なめずりまでする始末だ。

「そこの女騎士、フレイヤちゃんなんて適任じゃねえか。『高貴なる剣』の戦力も上がるし、イザベラの俺様への評価も上がるし、金を貰うよりずっといいと思わねえか？」

ここにいる誰もが嫌悪感を抱くほど、ジェイミーの顔は醜く歪んでいた。

さも当然の如く、彼は下劣な欲望を吐き出した。

「……何言ってんのよ、こいつ。頭おかしいわよ」

こんな人間が存在するのかと半ばショックを受けるカムナを無視して、彼はまだ叫ぶ。

「おい、こっちはそこの貧乏人連中と違って、ちゃんともてなしてやるぜ？　今なら昨日の無礼も詫びいらずで水に流して、俺様の『高貴なる剣』に加入させてやるよ！」

とうとう、イザベラの存在すら忘れて、自分のパーティーだと名乗り始めた。普段は彼女への愛を語る彼の、どうしようもなさが透けて見える。

「……あんた、あんなクソバカのスカウトをよく受けたわね」

「断るのを諦めたと言わせてくれ！　潰せば潰すほど湧き出てくる、にきびのような男だったからな！　クリス君の名前が出なければ、『グレイヴ』で叩き斬っていただろう！」

「その悪口も今なら許してやるっての！　どうだ、俺様のものにならねえか――」

二人のこんな会話を聞いても、ジェイミーは諦める様子がなかった。

「――悪いけど、その要求は呑めないよ」

ところが、毅然とした声が彼の長台詞を遮った。

ジェイミーの要求をきっぱりと断ったのは、ほかでもないクリスだった。

「……あァ？」

「フレイヤを渡せと言うなら断らせてもらうよ。カムナも同じだ」

彼がカムナとフレイヤを庇うように立ち、かつて自分を苦しめた相手に逆らうのは、彼女達を便利だと思っているからではない。

「二人はもう俺のパーティーメンバーだ。君に譲る理由はない」

彼にとって、二人はもう、手放せないほど大事な人なのだ。

自分を無条件で信じてくれたカムナ。自分が忌み嫌っていた力と向き合う機会をくれたフレイヤ。

仮に二人に力がなくても、決して邪魔だとは思わない。

彼女達を守る為なら、彼は苦手な戦いだって、何だってできる。

失う恐れではなく、守る勇気と立ち向かう覚悟を抱いたクリス・オロックリンは、わずか二日で大きく成長していた。

それこそが、彼とジェイミーの決定的な差でもあった。

「……シャロン、素敵な弟を持ったな」

フレイヤは青年の大きな進歩を姉のように喜び、カムナは珍しく口にこそ出さなかったが、信頼されていることへの歓喜に打ち震えていた。

「ぎゃははははッ！　会って二日や三日の仲だろうが。大袈裟すぎんだよバーカ！」

もっとも、クリスの意志はジェイミーにはまるで届かなかったようだ。

涙が出るほど大笑いするジェイミーは、カムナ達を指さして、唾が飛び散るほどの大声で言った。

「第一、女を仲間にする理由なんざ知れてるだろ？　本音を言っちまえよ、本音をよぉ」

「本音だって？」

ジェイミーは普段から口と素行(そこう)が悪いが、ここまで乱暴な男ではなかった。

ただ、フレイヤを手に入れた上にクリスを半殺しにできる条件が重なった喜びと、常日頃から抱いている全能感が絶頂に達して、つい口から出てしまったのだ。

とはいえ、彼の発言はもう訂正が利くレベルではなかった。

「おう、てめぇの考えは分かるぜ。女探索者はいい飾りだからな。ダンジョンでムラっときたら発散できるしよぉ！　都合のいい装飾品(アクセ)を手元に取っておきたいってんだろ、ギャハハハ！」

クリスは、脳髄(のうずい)が憤怒の炎でひりつくのを感じた。

未だかつて、これほどどす黒い感情が湧き上がったことがあっただろうか。内臓が焼け焦げるように熱くなり、呼吸が熱を持ったことがあっただろうか。いいや、なかった。

クリスの心臓は怒りの鼓動で脈打っていた。ジェイミーの発した台詞は、クリスが秘めていた危うい意志を爆発させるほどの威力があった。

「……もう一度、言ってみろ」

「もう一度だァ？　いいぜ、言ってやるよ」

にもかかわらず、彼はゲラゲラと笑いながら、畜生にも劣る発言を続けるのだ。

「都合のいい女を、綺麗事並べてキープしておきたいだけだろって言ったんだよ！　俺様にも分かるぜ、男なら考えて当然のことだからよ！　初めて意見が合ったな、クリス！」

女をモノ扱いしてクリスに同意を求める姿は、もうAランク探索者でも貴族でもない、外道だ。

「あれが貴族だってか？　最悪だぜ」

「あんな酷え奴だとは思わなかったよ」

「誰だ、今俺様をバカにした奴は？　家族ごとマイヤー家に潰されてえのか？」

「うっ……」

ジェイミーに睨まれ、民衆は押し黙ったが、フレイヤとカムナは違った。

「……反吐が出るな」

「クリス、あたしにやらせて。あたしのクリスをここまで侮辱したんだもの、両手足と顔を砕き潰して、一億回詫びるまで地面に這いつくばらせてやるわ」

もはや放っておけなかった。カムナは鋼の指の関節を鳴らし、フレイヤは既に『グレイヴ』の柄を握っていた。

二人は臨戦態勢に入っていたが、クリスは戦う権利を譲らないと告げるかのように、ゆっくりと首を横に振った。

「いいよ。俺がけじめをつけるから、二人はそこにいて」

代わりに、ゆっくりとジェイミーとの距離を詰めた。

『コン、コンコン？』

「……そうだね。コネクトも手伝ってくれるかな」

自分がけじめをつけるという宣言通り、細身のクリスと、屈強な体躯のジェイミーとの距離が縮まる。ついでにコネクトが、クリスの肩に乗っかる。

Dランク探索者の思惑と同様に、相手もここで決着をつけるつもりだ。ジェイミーの鋭い視線がクリスに向けられる。

「……君は仮にも貴族の生まれだ、汚い言葉は吐かない方がいい」

周りが息を殺したように静かになった時、向かい合ったクリスが口を開いた。

「おいおいおいおい、クリスちゃんよぉ、立場が分かってんのか？　俺様は登録時点でAランクを与えられた天才だぜ？　ゴミが俺様に口答えして――」

「Aランクだろうが貴族だろうが、人の助言を聞く脳みそくらいはあるんだろう？」

「――んだと？」

子分を後ろに追いやったジェイミーの言葉を、クリスはもう一度遮った。

荒くれ者ばかりの探索者の間では、この程度の挑発はよくあるものだ。だが、これまで玩具にしてきたクリスに言われるのは予想外だったのだろう。

ジェイミーが額に青筋を立てるが、クリスは表情一つ変えない。というより、これまでの彼からは想像もつかないほどに冷たく、静かな目で敵を見据えている。

「ランクや立場を振りかざして威張ることしかできないにしても、ない頭を捻って、自分の振る舞いを考えた方がいい。考えた結果がそれなら、口を縫(ぬ)い合(あ)わせるべきだ。そうした方が、自分がバカだって世間にアピールしなくて済むからね」

「……ほう、ほう、ほう。そうか、そうか」

少しばかりの沈黙の後、ジェイミーは目と口を吊り上げて言った。

瞼が痙攣するほど怒ってはいるが、即座に手を出さないのは、まだ余裕があるからだ。自分の方がクリスより優れていると確固たる自信を持っているからだ。

「俺様に殴られてピーピー泣いてた頃とは随分と違うじゃねえか。都合のいい装飾品(アクセ)が近くにいるから調子に乗ってるってか、なあ？」

「二人がいて心強いのは事実だ。けど、イザベラがいないと何もできない君とは違うよ」

「……どうなっても知らねえぜ、カス野郎」

ジェイミーは低い声で答えつつ、内心では笑っていた。

（クク、俺様が丸腰だって油断してるんじゃねえか？　残念だったな、今朝、もう他のピストル型アームズを買ってるんだぜ！）

実はジェイミーは、会話をしつつ、既にクリスを殺す算段を整えていた。

彼にとっての必殺技、それはシャツとズボンの隙間に隠し持った小さなピストルだ。

見た目とは裏腹に高い火力を持つ、金銀で装飾されたこれが彼の奥の手だ。

クリスに壊されたアームズの代用品であるが、今朝のうちに調達しておいたのが幸いだった。更に言うなら、暴言で挑発していたのも、無意識ながら彼の作戦のうちだ。

（アームズを隠してたから見えてねえだろうが、俺様の技量ならデコに風穴を開けるなんざ一瞬だ！　てめぇは何が起きたかも分からないまま、あの世に行くってわけだ！）

作戦は単純明快で、腰の下に隠したピストルを引き抜いてクリスを撃つだけ。

油断している彼は避ける手段がなく、頭に弾が命中して即死する。あるいはどうにか頭部への直撃を避けても体のどこかには当たり、悶え苦しんでいる間に殴り殺す。

探索者同士の喧嘩や殺人が違法であっても、今のジェイミーには関係ない。金で揉み消せると考えている彼の頭の中にあるのは、全てを手に入れた自分の栄光のみだ。

（女騎士を手に入れる手段は、てめぇが死んでからゆっくり考えてやるよ！　ついでに気味の悪りいチビガキも、俺様専用のサンドバッグとして使ってやるからよォ！）

栄誉を手に入れるべく、拳銃を取り出すのに躊躇いはなかった。

「油断してやがったな！　くたばりやがれ、雑魚が――」

ピストルに手をかけ、掴み、紫の弾丸を放つ引き金に指をあてがうまでは速かった。

ジェイミーの言う通り、確かに彼の射撃の腕は確かだ。金の力で良い教師を雇ったのか、訓練で常に好成績を収めていたというのは、嘘ではないのだろう。

「――が、あ、あれ？」

――ただし、それが通用するのは、普通の相手だけである。クリスは違う。

引き金を引こうとした瞬間、彼はアームズに奔（はし）った鈍い衝撃に気づいた。

何が起きたのかと銃口に視線を向けると、そこには細長い金属片のようなものが突き刺さっていた。深くめり込んだそれは、銃口をほぼ完全に塞いでいた。

「なっ⁉　銃口に、何が刺さってやがるんだぁ⁉」

引き金から指を離し、汗を流して喚くジェイミーに対して、クリスが淡々と答える。

「引き金を引かない方がいいよ。指と腕を、暴発した火薬で失いたくないならね」

「ひっ……！」

「質問の答えだけど、さっき倒した『八本脚』の装甲の欠片だよ。俺が握っているのにも気づかなかったなんて、よっぽど隠していた銃に集中していたんだね」

果たして彼は、敵の不意打ちを予想していた。というより、ジェイミーがそわそわしていて、おまけに尻に手を当てる素振りをしていたことに気づいていた。

あれで気づかない方がどうかしているし、クリスがこっそり魔獣の金属片を拾っていたのを見逃したのは、相当な間抜けと言うほかない。

「この……ち、近寄るな、近寄んじゃねえ！」

「前にも言っただろう、ジェイミー。次は解体するって」

さて、こうなると形勢は逆転だ。

じりじりと歩み寄るクリスに、ジェイミーは叫ぶことしかできない。

「そして壊すっていうのは、ただばらばらにするだけじゃない。それを教えてやる」

殺意を秘めた漆黒と紫の瞳がジェイミーを捉えた時、彼は恐怖から目を逸らそうとした。

しかし、どんなことをしようと、クリスが攻撃をやめる理由にはならなかった。

「オロックリン流解体術──『壱式乙型（おつがた）』」

待ってくれ、と言おうとしたジェイミーの口から、声が消えた。

ぱきり、ぽきり、めきめきと嫌な音がした。瞬きの間に動いたクリスの右腕は、ジェイミーの空いた腕を、ピストルを持っていない無防備な腕を破壊した。

刹那の間に──五本の指、全てをへし折ったのだ。

「──おんぎゃああああぁぁッ!?」

醜悪な悲鳴が、市場中に響き渡った。

「んぐっ！　う、ぎ、ひぎぃぃぃぃぃ！」

未知の痛みを前にジェイミーはたちまち膝をつき、手を押さえてうずくまった。

「おいおい、見えたか、今の……？」

「あの技術士、何をしたんだ⁉」

群衆には、いきなりジェイミーの指が折れたようにしか見えない。奇術を見せられたような気がしたのは、カムナも同様だ。

「今の攻撃、一つも見えなかったわよ⁉　あれがクリスの能力なの⁉」

「うむ、間違いない！　彼の解体術の一つだと思っていいだろうっ！」

この中で唯一フレイヤだけが、クリスの神業（かみわざ）を目視できているようだった。

（アームズ破壊に加え人体破壊まで会得（えとく）しているとは、やはりただの技術士ではないな。シャロン、君の弟は、君以上に危険な可能性を秘めているようだ）

見えているからといって、「容易い技だ」とは思っていない。

軽く鳴らした指先だけで人体破壊をいとも簡単にやってのけるなら、それは技術士と呼ぶよりも殺人のスペシャリスト、暗殺者（アサシン）の類（たぐい）に近い。

そんな恐るべき謎とまだ見ぬ技能を秘めた青年は、ジェイミーの前で屈（かが）んだ。

「『甲型』は物質破壊、『乙型』は生物破壊に特化してるんだ。別にアームズを壊すように甲型で腕を砕き折ってもいいけど、それじゃあ治らなくなるからね」

発する声は穏やかだったが、目は微塵も笑っていない。

「さて、これで勝負あったかな、ジェイミー」

「な、なめやがって！　まだアームズはあるんだ、まだ……」

一方、訓練中やダンジョン踏査中でも感じたことのない激痛を、涙と鼻水を垂らしながらこらえるジェイミーは、まだ戦意を失っていなかった。

隙あらば、クリスの体のどこにでも、鉛弾（なまりだま）を撃ち込んでやるつもりでいた。

しかし、そんな考えはあっさりと打ち砕かれた。

ピストルの引き金に力を込める前に、クリスが持っていたコネクトから飛び出した刃物が、それを貫いたのだ。狐の尻尾は、いまやナイフよりも鋭い刃となっていた。

「……あ、あぁ……!?」

溶けるような音を立ててアームズを両断した刃が赤い理由は、瞬時に赤熱するその特異性にある。技術士の修理用ツールは、武器の外装を切って中身を開くのだから、当然といえば当然だ。

人間の指くらいなら、もっと簡単に斬り落とすだろう。

「これくらいのアームズなら、解体術を使う必要もない。修理用溶断ナイフで真っ二つっていうのも、あまりスマートではないけどね」

「ん、ぐ、ごのぉぉぉ！」

とうとう反撃の手段を失ったジェイミーは、もうやけくそで喚くしかなかった。

「おまええぇぇ！　よぐも、あんなメズぶたどもをばがにしたぐらいで、ひぐっ⁉」

仲間を豚と称したジェイミーの胸倉を、立ち上がったクリスが掴み上げた。

その時になってようやく、彼は技術士と目が合った。

「豚ども、だって？　誰が？」

「ひっ……」

思わず失禁してしまいそうなほど、クリスの目はどす黒い殺意に満ちていた。

こんなはずではなかった。これまで一度だって見たことのない、カムナ達の背筋が寒くなるくらいの怒りは、ジェイミーに全てぶつけられていた。

「俺への侮辱なら好きにすればいい。目障りなら視界に入らないようにするし、憎いなら罵詈雑言をぶつけてくれても構わない。けど、仲間は別だ」

ぞっとするような冷たい声で、クリスはジェイミーに簡単な要求をぶつけた。

「二人は何よりも大事なんだ。彼女達に近づかない、侮辱しないと約束するなら、これ以上は何もしないよ。簡単な提案だ、分かってくれるね？」

「ぶ、ぶざげんな……」

「分かるね？」

「おやじにいいづげでやる、ぜっだいに……っあぎいぃぃぃッ！」

何度言っても話を聞かないジェイミーに痺れを切らしたクリスは、指が折れた方の腕を掴み、思い切り捻った。解体術でも何でもない、もはや拷問だ。

折れた骨が皮膚を突き破り、肉の外に露出する嫌な音とジェイミーの悲鳴が混ざった。

完全に使い物にならなくなった腕をぶらりと垂らし、今度こそ彼は放尿した。

「いいかい、ジェイミー。俺は聞いてるんだ、理解したのかって」

「あひ、あひ、あひ」

「――聞け」

「あぎゅいいいいっ⁉」

痛みで体の自由が利かない彼の髪を掴み、クリスは無理矢理目をもう一度覗き込んだ。クリスと視線の高さが同じになった時、ジェイミーは潰れたカエルのような声を上げた。

彼の前にいるのは、へなちょこの弱っちいクリスではない。

紫色のハイライトのない目で、死刑宣告を下す処刑人である。

「俺はものを直す技術士だ。無用な解体はしたくないけど、約束できないのなら、直せないほど解体し尽くさないといけない」

脊髄の芯を冷やすかの如き声に、慢心した貴族育ちのお坊ちゃまは戦慄した。

もしもここから更に肉体を壊すとして、いったい何をされるのだろうか。

腕を引き千切る。

足を潰す。

目をくり抜く。

頭を砕く。

もしくは、その全部。

いずれにせよ、脳裏をよぎるのは、幼少期に存在を嘲笑った浮浪者連中よりも惨めな末路だ。

はひ、はひ、と言葉にならない言葉しか呟けない彼に、クリスは聞いた。

「最後の質問だ。俺の提案を呑むか、完全に壊されるか、どっちを選ぶ？」

金は助けてくれない。父親も母親も助けてくれない。

成層圏を超えるほど高いプライドと死の危険を天秤にかけ、ここで死を選べるのであれば、ジェイミーはたいした男だろう。

だが、彼はどこまで行ってもジェイミー・マイヤーだ。

探索者の自由を手に入れておきながら家柄と金にしか頼れない男が、クリスの提案を拒めるわけがなく、あっさり首を垂れた——といっても、敗北自体は受け入れていないが。

小さく頷いた彼を見て、クリスはようやく微笑んだものの、まだ目は笑っていなかった。

「……いい判断だ。でもその腕じゃあ、しばらく探索者生活はできないだろうけどね。イザベラ達に事情を話して、少しの間大人しくするのをお勧めするよ」

またも微かに頷くジェイミーを見た彼は、もう反抗しないと知り、敵を解放した。

「命を解体されなかっただけ、良かったと思った方がいい。それじゃあ、ね」

ひい、ひいと喘ぐジェイミー以外の誰もが沈黙する中、クリスはコネクトを肩に乗せ、弱すぎる敵に背を向けててくてくと歩き出した。

「クリス、あんた……」

カムナは彼についていくが、どこかクリスが浮かない顔をしているように見えた。彼女は、彼がまた望まぬ力を使って自己嫌悪に陥っているのではないかと心配していた。

「――大丈夫だよ。もう、俺は力を使うのを恐れない」

しかし、追いついて見えた彼の顔は、昨日のように失意に包まれてはいなかった。むしろその逆だった――カムナが覗き込んだ顔は、朗らかに見えた。

足取りは軽く、仲間に対する優しさに満ち溢れた顔つきだ。

もう、恐るべき力を用いた後に激しく後悔する、弱いクリスはいなかった。

「全ては使い方次第だって教えてくれた、フレイヤとカムナのおかげだよ。仲間の為に使うなら、解体術で何を壊したって怖くないし、後悔もしないさ」

果たして、彼は彼自身の言う通り、ほんの少しの間で変わった。

過去を拭って成長したクリスの隣に並び、フレイヤは彼の肩を叩いた。

「……過去を乗り越えたか。たった二日ほどで本当に成長したな、クリス君」

「ありがとう、フレイヤ。そう言ってもらえるなら、前に進んだ甲斐があるよ」

クリスはカムナのやや寂しそうな顔を見つめて言った。

「さ、買い物に行こう。明日のダンジョン探索に必要なものは、たくさんあるからね！」

彼女はまだ不安げだったが、主人の笑顔を見て、もう安心していいのだと悟った。

「……うん！」

明るく元気ないつものカムナが戻ってきたのを、クリスも、フレイヤも喜んだ。

そして三人は何事もなかったかのように、広い大市場の中へと戻っていった。


さて、そんな三人を引き留める力もなく、立ち上がる余力もないのはジェイミーだ。

「ぐ、ぐぞぉ……俺様をコケにしやがって……！」

ボロボロになった指と腕を揺らすことしかできない彼だったが、それでも高慢な性格は矯正されず、野次馬に吼え散らかした。

「何見てやがる、てめぇら！　マイヤー家に潰されてえのか、あァ!?」

こんな時までマイヤーの名に頼るジェイミーを、誰ももう恐れたりしない。

なんせ、相手はただの技術士に大敗を喫したAランクパーティーの一員だ。先ほどまでの惨めな態度を見ていた群衆の視線に嘲りが混ざるのは当然だ。

誰も何も言わないが、恐れもしない。

それこそが、最高の侮蔑になると知っているからだ。

「な、何だよ、何なんだ!?　どいつもこいつも、俺様を見下しやがって！　俺が誰だか分かってんのか、Aランクパーティー『高貴なる剣』の――」

ところが、最後に縋った権威すら既に手元を離れていたと、彼は気づくこととなる。

「――昔の話よ、ジェイミー」

彼の背後から聞こえた、氷のような声がそれを知らせた。

まさかと思ったジェイミーが振り向くと、そこにいたのは桃色の髪の姉妹、イザベラとパルマだ。豪奢な衣服に身を包んだ彼女達の姿を、見間違えるはずがない。

「イザベラ……ちょ、ちょうど良かった！」

ついさっき都合の良い装飾品とさえ呼んだ彼女に、彼は情けない顔で助けを求める。

もしかすると一連の出来事を見ていたかもなどとは、微塵も考えない。

「なあ、見てくれよこの腕！　クリスにやられたんだよ、あの卑怯者にだ！　マイハニー、今からでも仕返ししてくれよな、な？　三人なら今度こそあいつを……」

みっともない発言を平然とするジェイミー。

暴力と権力が尽きれば金がある。金が通用しなければ仲間に何とかしてもらう。クリスが仲間に頼り、守ろうと願うのとは正反対の、あまりにも自分本位な考え方しかしない男。

だから、これから自分がどうなるかなどちっとも想像していなかった。

「……まだこんなことを言うのですか……この屑は」

「どうやら、私達がここに来た理由をまだ理解していないようね」

「えっ？」

小声で呟いたイザベラが人々に向き直る。

「皆、私達の元パーティーメンバーが迷惑をかけたわね。壊された家屋と破損した商品の弁償はアルヴァトーレ家がするから、私とパルマに申請してほしいの」

「え、え？　元、って、何が？」

「そして、誤解を招く前に言っておくわ。ここにいるジェイミーには、既に昨日の夜にパーティーからの追放を言い渡しているの。理由は……『クリスと私達の間に不和を作り、彼が死んだように見せかけてパーティーを掌握しようとした』からよ！」

「は、はあぁぁ⁉」

ようやく彼は理解した。

自分がパーティーから、イザベラ達から切り捨てられたのだと。

「……ジェイミーは……私達を脅していたの。暴力に訴えられて……私は……」

喉が潰れるほど絶叫したジェイミーの前で、イザベラとパルマは、クリスとの離別とジェイミーの横暴を心から悲しんでいる表情を浮かべていた。

涙まで流し、自分達が被害者であるという素振りを見せる。声も次第に震えてきて、まるでジェイミーに脅されていた恐怖をこらえて、どうにか気丈に振る舞っているかのように見える。

「クリスとの関係は修復できないけど、せめてもの罪滅ぼしに……勇気を出して、ジェイミーをパーティーから追放したわ。けど、こんな騒動を起こすなんて……彼に何と言えば……」

「お姉様、気をしっかり……」

くらりと足をもつれさせる姉を、妹が支える。それを見て、ジェイミーは完全に察した。

昨日の夜から、自分はこうなる運命だったと。

自分は『高貴なる剣』の悪行がばれた時、群衆の怒りを向かわせる為の、蜥蜴の尻尾なのだと。

「うそ、じゃあ技術士が死にかけたのもあの男が仕組んでたの？」

「しかもイザベラさんを騙してパーティーを掌握しようだなんて、酷い男……」

ひそひそと囁く声が耳に入ってきて、ジェイミーは腕と指の痛みも忘れて狼狽える。

「お、おいおい待て待て!?　俺様は何も聞いてねえぞ!?」

「うるせえぞ、成り上がりのボンボンが！」

だが、もう彼の味方はほとんどいない。

怒鳴り散らす声が響き、彼は思わず萎縮した。

「そうよ、あんたは最低な男よ！」

「もしかしてさ、ずっと低ランクのダンジョンに行ってたのは、仲間を殺す場所を探してたからか？　クリスを殺す為に、Dランクダンジョンをうろついてたのか！」

「違いねえ、Aランクパーティーの足を引っ張ってでも人殺しを企んでたんだ！」

おまけに、イザベラが捏造していない罪まで重なっていく始末だ。

今やジェイミーは仲間殺しで、弱虫で意気地なしで臆病者である。

「ち、違う、違う！　殺すのを指示したのはこの女で……」

自分の無罪を主張しようとした彼だったが、話を聞いてもらえるはずがない。彼を一瞥もせずに人々に話しかける元仲間の方が信頼されているのだから。

「とにかく、補償はギルドと『高貴なる剣』がするわ……こっちに来てちょうだい」

すたすたと歩き去ろうとする間際、姉妹は彼にしか聞こえない声で呟いた。

「……用済みの道具は捨てられるわ。貴方が私をただの装飾品だと思っていたように、私にとっても貴方はその程度だったのよ……いいえ、それ以下ね」

「惨めで哀れな蛆虫には……お似合いの末路です……」

失意に塗れたジェイミーを置いて、姉妹は人々に囲まれつつ去った。

彼女達は、世間的に見れば「ジェイミーの恫喝で仕方なく低ランクダンジョンに挑み、クリスが死んだと思い込まされていた哀れな姉妹」ということになった。

昨日のいざこざも、ジェイミーが何かを仕組んだというシナリオに、いずれなるだろう。

桃色の高貴な姉妹とは違って、彼にはもう何も残っていなかった。

いずれエクスペディション・ギルド内でも居場所がなくなるだろうし、一緒にパーティーを組む者もいなくなる。残るのは、金で買った有象無象が数人だけだ。

「じぇ、ジェイミーさん……？」

まだ彼への忠誠心が残っている探索者が肩を揺すると、ジェイミーは言った。

「……クリスがどこに行ったかを調べろ。どのダンジョンに向かうつもりなのかもだ」

「はっ？　ええと、そりゃまた何で？」

問い返した男を獣のような目で睨み、ジェイミーは唾を撒き散らしながら吠えた。

「こうなったのは全部あいつのせいだ！　あのクソ野郎……クリスに復讐してやるからに決まってんだろうがァ！」

大市場の真ん中にぽつんと残されたジェイミーに、もはやまともな思考は残っていなかった。

頭にあるのはただ、責任転嫁と復讐心と、おぞましい殺意だけだった。

第六章　ものも心も直します

さて、ジェイミーが全てを失いつつある頃。

騒動の場から離れたクリス達はまだ大市場の通りを歩いていた。

というのも、彼らの本来の目的はダンジョン探索に必要なアイテムの調達だ。露店や少し大きな雑貨屋でいろんな道具を買いそろえたが、まだ足りないものがある。

この調子だと、買い物を終えるのは日が暮れる頃になるだろう。

「むむむ～……むんっ！」

そんな中、並んで歩く三人のうち、カムナはずっと指や腕をむにゃむにゃと動かしていた。

「何をしてるの、カムナ？」

「クリスがさっきやってた、『ほにゃらら解体術』てのを真似してるのよ！　あれを覚えたら、さっきみたいに敵を簡単にやっつけられるでしょ？」

カムナが言うと、クリスは思わず噴き出した。

「ははは、俺が言うのもなんだけど、簡単には会得できないよ。俺だって、子供の頃からずっと姉さんに教えてもらってるけど、まだ完全に使いこなしてるわけじゃないからね」

あれほど簡単にアームズや人間を解体してのけるクリスをして、まだ完全に会得したわけではないと言うのだから、解体術というのは奥が深いのだろう。

実際、聖騎士（パラディン）として武術に秀でたフレイヤですら、あの動きを真似ようとは思わなかった。鋼や骨を素手でバラバラにしようとすれば、きっと砕けるのは自分の指である。

彼女は、腕を組んで深く頷いた。

「うむっ！　長年の修練が生み出した妙技というわけだ！」

「問題ないわよ！　だってあたしは格闘戦特化型――あだっ⁉」

カムナはそれでも会得を諦めようとしなかったが、そこで会話は遮られてしまった。

彼女の額に、どこからか飛んできた小さな鉄の塊（かたまり）が直撃したのだ。

「カムナ⁉」

驚くクリスとフレイヤのそばで、ひっくり返ったカムナが起き上がった。

眉間（みけん）にしわを寄せて鉄くずを掴んだ彼女は、頬を膨らませる。

鉄が直撃しても額から血の一滴も流さない彼女は、やはり人とは違う特別な存在だ。

「いったぁ～……誰よ、このカムナオイノカミ様の顔を傷物にしようって奴は！　出てきなさい、今なら全殺しで許してあげるわ！」

「まあまあ、落ち着いて……これは……何かの部品？」

カムナを宥めながら、クリスは潰れた部品らしきものを拾い上げた。

歯車のように見える鉄の塊は、掌の半分くらいのサイズだ。

「向こうから飛んできたようだな！　しかも、何やらもめているようだ！」

フレイヤが指さす先を二人が見ると、何やら人だかりができている。その中心ではがこん、がこんと不調を感じさせる音がしていて、黒い煙が天に上っている。

ついでに言うと、誰かが喧嘩をしている声まで聞こえてくる。きっと、部品を投げたのも喧嘩をしている二人の男性のうちのどちらかだろう。

クリスが仲間を率いて騒ぎの中心に行き、人混みをかき分けると、やはりぎゃあぎゃあと男性達が騒いでいた。

しかもこのままでは、殴り合いにまで発展しそうなほどヒートアップしている。

自警団が来ると大変だと思い、クリスはエプロンをかけたがたいの良い男――肉屋の店主らしい男に声をかけた。

「すいません、この部品ってそこにある肉焼き器のものですよね」

「ん？　ああ、誰かと思えば『高貴なる剣』の荷物持ちか……あんがとよ」

じろりとクリスを睨んだ男は、ひったくるように部品を受け取った。

クリスが『高貴なる剣』の荷物持ちであるという評価は、あながち間違っていない。修理や調整は人目につかないところでやっていたし、彼の扱いに関しては言うまでもない。

きっと街の住人のほとんどは、クリスを召使いとしか思っていなかっただろう。

そんな青年が乱入してきたところで何ができるのかと、彼らの目が言っていた。

「見たところ壊れてるみたいですけど、大丈夫ですか？」

さして気にしていない様子でクリスは声をかけたが、男は手を払いのけた。

「荷物持ちに修理できるなら世話ねえよ。部品を持ってきたお駄賃（だちん）が欲しいってんなら後でやるから、どっか行きな。今は忙しいんだ」

「何よ、随分デカい態度取ってくれるじゃない！」

カムナがずい、と前に出て男に掴みかかろうとしたが、すんでのところでクリスが止めた。

カリカリした男の態度からして、今度こそ本当に喧嘩になりかねないと思ったからだ。

「忙しいって言ってるだろ！　それよりあんた、さっきは簡単に直せるって言ったよな！　それが煙を噴いてこのざまだ、どうしてくれるんだよ！」

さて、男に怒鳴りつけられたもう一方の男性は、技術士（エンジニア）のようである。

しかも彼はクリスの後釜（あとがま）として『高貴なる剣』にスカウトされた男だ。もっとも、彼は一日でクビになり、クリスも彼のことは知らないのだが。

そのせいもあるのか彼も相当ピリピリしていて、売り言葉に買い言葉だ。

「わ、私は忠告したはずだぞ、帝都（ていと）で買ってきたんだからそっちで修理してもらった方がいいって！　なのに、安上がりに済ませたいからって私に修理を頼み込んできたのはそっちだろう。言いがかりはよしてもらおうか！」

「何だと、ヘボ技術士め！」

「売れない肉屋が！」

とうとう双方が首根っこを掴もうとした時、フレイヤが割って入った。

「おっと、よすんだ！　公衆の往来で、大の大人が取っ組み合いの喧嘩などっ！」

いくら大人の男性とはいえ、鍛え抜かれた腹筋の持ち主に敵うはずがない。

腕を掴まれた二人は、たちまち大人しくなった。

「わぁっ!?　聖騎士（パラディン）が何でこんなところにいるんだよ？」

「話すと長いっ！　で、クリス君……」

フレイヤがクリスを探すと、彼はしゃがみ込んでいる。

彼の目の前に鎮座（ちんざ）しているのは、魔獣の肉を焼く専用の装置らしい。鳥を一羽、もしくは豚を一頭丸々焼く為の道具を一回り大きくすれば、これになるだろう。

だが、今は使い物にならない。先ほどの黒い煙は、この装置から噴き出しているからだ。クリスが何度か黒いボタンやつまみを捻ってみるが、うんともすんとも言わない。

「おいおいおい、素人が勝手に弄ってんじゃねえよ！　余計におかしくなるかもしれないだろ、故障が酷くなったら弁償してもらうぞ！」

肉屋の店主は憤った顔でフレイヤの手を振り払い、クリスの頭を叩こうとした。

幸い、クリスは彼の手が届く前に振り向いた。

「……これ、故障じゃないです。初期不良が主な原因ですね」

「は？」

そして、訳知り顔でそう告げた。

店主の男だけでなく、技術士も、周りの人々もぽかんと口を開けた。

肉焼き器が異常をきたしたのは故障したからで、だからこそ技術士が呼ばれた。なのに、この機械は最初からおかしかったというのは、妙な話ではないか。

しかもクリスは、何かおかしいことを言ったかと言いたげな顔で男を見つめているのだ。

「店主さん、この肉焼き器を買った時の状況を教えてください」

「ど、どうして……」

「あたしの主人が教えてって言ってんのよ、黙って従いなさい。大丈夫よ、カムナオイノカミの名に誓って、悪いようにはしないから」

カムナが口を尖らせると、店主の男は大袈裟に肩をすくめて、ため息をついた。

「……買ったのは三日前だ。帝都の技術披露会ってのがあってな、そこで『炎喰（えんしょく）』とかいう火を吹く魔獣の胆石（たんせき）を使った肉焼き器を売ってたんだよ。で、お試し品だからってんで買い取って、ここまで運んでもらって……」

「どこかにぶつけた、と」

「そうなんだよ、うちのおふくろが台車をぶつけちまって……何で分かったんだ？」

「へこみを直した跡があります」

クリスがこん、と軽く叩いたのは、肉焼き器の左下にあるほんのわずかなへこみ。といっても、へこみだとは誰も気づけない。ちょっと擦ったくらいにしか見えないし、ピカピカの新品だと言われても疑う者はいないだろう。

「た、確かにその日に業者に直してもらったけどよ、よく見つけたな……」

呆れる店主の前で、クリスは淡々と作業を続ける。

指で、掌で、時には視線で機械の不調を探し当てたクリスは、肉焼き器の外装の一部である鈍色の鋼を剥ぎ取った。

もう、誰も彼を止めようとはしなかった。

クリスに任せれば問題ないと、不思議とそう信じられた。

「肉焼き器に破損した箇所はありません。問題は、胆石を使った発火装置と火力調節機能の接続部分の異常と、胆石自体の損傷です。ここを見てください、管がわずかに曲がっているだけじゃなくて、胆石を支えるストッパーにもへこみがあります」

促されるまま技術士が肉焼き器を覗き込むと、確かにその職に就いている人間であれば、じっくり観察すれば分かる程度のひずみがある。

彼が気づかなかったのは、そもそも異常であると考えなかったからだった。

「本当だ……初めて見る道具だから、そういう仕様なのかと思ったよ」

「技術士はどうしても、直す人間ですから。壊れた部位を探すので、元から起きている異常は見落としてしまうんです。俺も子供の頃、よく父さんに叱られました」

「じゃあ、俺は不良品を掴まされたってわけか⁉」

「恐らくですが、その可能性が高いです」

彼の様子からして、相当な額を支払ったに違いない。

頭を掻いて苛立つ店主のかたわらで、技術士が目を丸くしてクリスを見た。

「……技術士？　まさか、君が『高貴なる剣』の技術士かい？」

クリスが頷くと、技術士の疑問は確信へと変わった。

彼が、彼こそが見知らぬ天才だ。イザベラ達のアームズを完全な形へと昇華(しょうか)させ、あの横暴な貴族の乱暴な武器使いにも耐えうるほどに調整し続けた、百年に一人の逸材だ。

「元、ですけどね。それで店主さん、良かったらこれを俺が調整してもいいですか？」

「大丈夫なのか？　お前みたいなのが……」

店主は渋ったが、技術士が深く頷いた。

「いや、任せてみようじゃないか。もしもダメなら、さっき言った通り、私が費用を出して業者を呼んでやろう」

一番の悩みの種だったお金を出してくれるとなれば、男も拒む理由がない。

「そこまで言うなら、まあ……好きにしな」

「ありがとうございます！」

それでも渋々、といった調子で店主が頷くと、クリスの顔がパッと明るくなった。

彼はまず、リュックの中から紙とペンを取り出して、さらさらと魔獣の素材やダンジョン由来のアイテムを書き出した。

「フレイヤ、悪いけど大市場で、このメモに書いたものを買ってきてくれないかな？」

「うむ、任せておけっ！」

受け取ったメモ帳を片手にぐっとサムズアップをしたフレイヤは、凄いスピードで大市場を駆け抜けていった。あの調子なら、すぐに戻ってくるはずだ。

そしてクリスは、リュックを地面に下ろした。

「コネクト、胆石を繋ぎ合わせるから、溶断をよろしくね」

クリスがリュックを開くと、中から狐がひょっこりと出てきた。

『コンっ』

キツネ型の工具、コネクトは任せろと言わんばかりに鳴くと、ツールに変形してクリスの手に収まった。他の工具を出さない辺り、道具はこれで十分なのだろう。

「待たせたな、クリス君！　必要なものを持ってきたぞっ！」

熱が十分に刃に行き渡る頃に、フレイヤが両手いっぱいにアイテムを持ってきた。

鋼、鉄、ゴム製の何か、ついでに細長い針、その他諸々。

「ありがとう、フレイヤ。じゃあ……始めようか」

同職ですら何に使うかさっぱりな道具を預かったクリスは、それらを並べて、作業を始めた。

「ストッパーの長さが足りてないから、棒で延長して……これだと長時間の作業に向いてないな、出力も増した方がいい……うん、二段階調節ができるようになってるけど、三段階まで増やせそうだ……あとは微調整と、念の為に緊急停止装置を……」

ぶつぶつと呟くクリスの口調は、独り言というよりは会話のようだ。

「おいおい？　何をやってるんだ、説明してくれよ？」

「ああ、そうですね、魔獣の胆石に衝撃を与えるバー部分の長さが足りていないので、追加の鉄鋼で延長しました。それからダンジョンで獲れる緩衝材（かんしょうざい）を幾つか内側に貼り合わせて振動を軽減させつつ、火薬と同じ性質を持つ花を乾燥させた粉をコーティングして威力を高めます」

「は、はあ？」

「すいません、説明が足りませんでした。粉は『サクレッツベリー』、緩衝材は『角兎（つのうさぎ）』という魔獣の皮を使っています。あとはつまみを追加する為に穴を増やして、内部暴走が起きた際に胆石への衝撃を完全に失わせるシステムを増やしました。ほら、これとこれを繋ぎ合わせて……」

「分かった、分かった！　好きにやってくれ！」

くるりと振り向いたクリスの話を、店主はわずかかも理解できなかった。

小さく頷いて、クリスはまた作業に戻った。

「あー……クリスってもしかして、いわゆるオタクってやつ？」

「修理と改造のオタクって意味なら、褒め言葉だよ」

カムナを一瞥もせずに答えたクリスの声は、なぜか楽しそうだった。

コネクトの尻尾に当たる部位から、フックや留め金などのツールが出てきては、肉焼き器をガチャガチャと造り変えてゆく。手の動く速度が速すぎて、目が追い付かない。

だが、これだけは言える。今、この肉焼き器は生まれ変わろうとしている。

そうしてクリスの両手が止まった時、彼は振り返って笑った。

「……できました。どうぞ、使ってみてください」

彼が手で示した先にあるのは、見た目はあまり変わらない肉焼き器だ。

太い串がわずかに長くなったのと、つまみが一つ増えた。ついでに当然といえば当然だが、内部の故障による揺れと黒い煙はすっかり消え去っている。

それらは儲け（もう）ものだろうが、店主にしてみれば、直っていなければ意味がない。

「ほ、ほんとに大丈夫か？　つまみが一つ増えてるぞ？」

「それは本来想定されているよりも、もう一段階強い火のつまみです。強火で一気に焼き上げたい時に使ってください」

「じゃあ、このレバーは？」

「火が予想より強くなりすぎた時と、何かの折に火を止めたいと思った時に勢い良く引いてください。胆石への干渉が完全に止まり、火が消えます。さあ、つまみを捻って」

「お、おう……」

不安げな顔のまま、店主は黒いつまみを捻った。

「うわぁっ⁉」

その途端、串の奥にある穴から、凄い勢いの炎が噴き出した。

あまりの勢いに人々はのけぞり、カムナですら目を丸くしている。

「ちょ、ちょっと！　クリス、まさか失敗したんじゃ……⁉」

クリスが大失敗をしでかしたのではないかと、カムナだけでなく、隣のフレイヤも不安げな顔をしていた。

しかし、当の本人は平然としている。

「……わはは、こいつはすげえーっ！　魔獣の肉を焼くのにちょうどいい火加減だ！　しかも火の勢いまで細かく調整できるなんて、俺が買ったものよりずっと良くなってるじゃねえか！」

なぜなら、顔を輝かせた店主が、炎を背にしてクリスの手を強く握ってきたからだ。

クリスは知っていた。魔獣の肉を焼くのには、普通よりもずっと強い火が必要だと。本来搭載されている機能だけでは、店主が求める勢いの火は到底望めないと。

だから彼は、リミッターを外したのだ。

リミッターを外した上から制御用のパーツを被せ、その状態をデフォルトにした。

「凄いわね……あんな簡単に、複雑な道具を修理するなんて」

「あの小僧、やるじゃねえか！」

普通では到底できない芸当を目の当たりにして、歓声が飛び交う。

「ありがとよ、坊主！　こんな重いもんを担いで帝都まで行かなきゃいけねえのかと思ってたからなあ、本当に、ほんとーに助かったぜ！」

ばんばんと背中を叩かれ、目玉が飛び出そうになっているクリス。

大丈夫です、気にしないでと謙遜する彼は、ふと視界の端に肉焼き器の修理に失敗した技術士を捉えた。その上着の内側からは、焦げた修理用ツールがはみ出ている。最初に喧嘩の仲裁に入った時、クリスが彼のことを技術士だと思ったのは、そのツールが見えたからだった。

「……あの、ちょっといいですか？」

どうにか店主から逃れたクリスが声をかけると、技術士は自虐っぽい言葉を漏らした。

「あ、はい、調整を失敗してすいません、君のように初期不良すら見抜けない、『高貴なる剣』に小馬鹿にされる三下には、何の修理も……」

「いえ、そこじゃなくて。ずっと気になってたんですけど、さっきの修理で、ツールが壊れたんじゃないですか？」

クリスが聞くと、技術士はどうしようもないほど情けない表情で、上着からツールを取り出した。溶岩に突っ込んだかのように、先端がどろどろに溶けてしまっている。

「……恥ずかしながら、その通りだよ。無理に胆石回りを調整しようとして、発火してしまったんだ。火の出力が強すぎて、このざまだ」

あまりに惨めで技術士は笑うほかなかった。

彼は本物の天才と己を見比べたくなくて、目を閉じて現実から逃れようとしていた。

「こうなるともう、買い替えるしかない。勉強代だと思って諦め……お、おい⁉」

だから、クリスがツールを奪い取ってガチャガチャと弄り始めたのに気づいたのは、彼がツールを分解し始めてからだった。

クリスはというと、技術士の声に全く動じなかった。それくらい、彼はうちひしがれていたのだ。

彼にとってそれはまだ、寿命を迎えていないのだから。

「確かに各関節部位の外装は酷く燃えてますけど、核になるクラック・バーはまだ芯がしっかり残ってます。変形機構をあえてオミットすれば、取り回しと頑丈さを両立できるはずだから……ちょっとだけ、待っててください」

「あ、うん……」

言われるがまま、技術士はしゃがみ込んだクリスの後ろで棒立ちするしかなかった。

クリスが修理を始めたのを見て、さっきまで肉焼き器に集まっていた住民達と肉屋の店主が、たちまち彼を取り囲んだ。まるで、難問を解く帝都名門校の天才少年を見守っているかのようだ。

「また技術士の子が何かやってるぜ！」

「あんな黒焦げになったアイテム、どうやって直すんでしょうか？」

今度はダメじゃないか、と口々に呟く人々の声など、クリスの耳には入らない。

彼が話しかけるのは、コネクトだけだ。

「これくらいなら、さっき買ってきた部品の余りと手持ちの修理用器具で何とかなるはずだ。コネクト、ここからここまでを削り取ってくれ」

『ココン！』

「内側の鉤爪（かぎづめ）やペンチ自体は問題ない、動かなかったのは接続部分が燃えて溶接されてたからだ。なら、緊急時でも手動で引き出せるようにすれば、強度も上がる……」

もっとも、周りの人間には独り言を延々と呟いているようにしか見えないが。

「さっきから気になってたけど、クリス、誰と喋ってるのよ？」

「男が何かに集中する時は、ああなるものだっ！　はっはっは！」

そういうものか、とカムナは首を傾げる。

コネクトを手に持ち、地面に置いてはもう一度掴むのを何度も繰り返した末に、クリスの手が完全に止まった。

技術士に向き直った彼の手には、すっかり様変わりしたツールがあった。

「……ど、どうかね？」

おずおずと問いかける彼に、クリスは微笑みかけた。

「……できました。あなたの手に馴染むように調整してみましたけど、使ってみるまでは何とも言えないので、試しにスイッチを押して溶断機能を使ってください」

「う、うむ……！」

技術士は姿を変えた相棒を握り締めると、ボタンを押した。

すると、もう動かないと思われたツールはたちまち赤熱し、元の輝きを取り戻した。

どれほど軽くなったかは、技術士がツールを振るう腕でよく分かる。陽の光を反射する鋼鉄の内蔵型工具がせり出す様は、もはや新品の最高級品と呼んでも差し支えないだろう。

「信じられん……これまでよりずっと軽くて、振りやすい！　しかも鉤爪や他のツールも、以前よりずっと使いやすくなっている！　まるで別物、私専用の道具だ……！」

「馴染んだなら何よりです。それを使って、色んな人を助けてあげてください」

明るい表情を取り戻した技術士の手に自分の手を重ねて、クリスは言った。

「腕の劣る凡人なんて言わないでください。誰だって、その人が必要な時があるんです。俺じゃなく、街の技術士じゃなく、あなたを必要とする人がいるはずですから」

クリスは自分が天才だなんて、一度だって思ったことがない。

ただそこにいて、必要な人に必要な力を貸すだけ。全力で誰かを助けるのか、半端な力で半端な結果を出すだけなのかは人によるが、クリスは間違いなく前者だ。

少なくとも、今そばにいる金髪の人造兵器を助ける時は全力だった。

「……そうだろうか。私のような凡人にも、できるだろうか」

「できますよ」

「『高貴なる剣』は、私を愚鈍だと嘲笑った。あの顔が、忘れられんのだよ」

「早めに忘れた方がいい。俺だって、彼女達からすれば無能だったんですから」

技術士の掌から肩に手を移し、クリスが微笑んだ。

「自分を信じてあげてください。不安なら、俺がカムナ達に信じる力を貰ったように、俺があなたを信じます。だから……」

「ありがとう。もう十分だよ」

クリスの本心からの言葉を聞いて、技術士の目から涙が溢れた。

「やっと思い出したよ。家の近くに、古びた風呂桶があるんだ。直してほしいと祖母が頼んできたのをずっとほっぽっていてね……技術士の本分をすっかり忘れていた、君に教えられたんだ」

「……直してあげてください。あなたにしか、できません」

「ああ、そうしよう。探索者（シーカー）専門の技術士は、しばらくお休みだ」

彼はそう言って、涙を拭って深く一礼したのち、大市場を去っていった。

他のどんな偉大な探索者のアームズを修理したところで、祖母の風呂桶を直した感謝に勝るものなどどこにもありはしないのだ。

きっと素敵な技術士になれると確信したクリスが頷くと、カムナが彼の肩を叩いた。

「やっぱりあんたは最高ね、クリス！　惚れ直しちゃったわよ！」

「ほ、惚れ……!?」

「私の目に狂いはなかったな！　間違いない、君はシャロンが知っているよりもずっと成長しているぞっ！　君の姉が見れば、心から尊敬するだろう！」

「フレイヤまで、俺はそんな立派な……」

褒められ慣れていないクリスははにかむが、その顔はすぐに崩れることになる。

「──なあ、良かったら俺んちの壁も直してくれよ！」

「えぇっ!?」

顔も名前も知らない男がいきなり彼の前に躍り出て、そう頼み込んできた。

クリスとしては、頼まれれば何だって直すし、何だって改善してみせる。そうすることで皆が笑顔になると知っているから、めったに断りはしない。

ただ、それはあくまで一人、二人からの依頼であった場合の話である。

「も、もちろん直せますけど……まさか、あなた達皆、依頼するつもりですか!?」

今回のように──十人、二十人、もっとたくさんの人に囲まれたなら、話は別だ。

彼のはにかみスマイルが崩れたのは、信じられないほど狼狽えたから。こんなに多くの人間がこぞって自分に修理を依頼するなど、今まであり得なかった。

「そういえばうちのベッド、随分前から軋みが酷くなってるのよね！　帝都の貴族が使うようなベッドに修理できないかしら！」

「なーにをバカ言ってんだよ！　それよりもさ、あたしの旦那が魚屋をやってんだけどよ、包丁の切れ味がいまいち悪くなっててね……」

「どきな、なあ坊主、俺っちの馬車をもっと早くしてくれ！」

「私が先よ！　ねえ、この双眼鏡なんだけどさあ……」

我先にと手を伸ばす様は、まるでクリスが金塊に見えているかのようだ。

金塊の気持ちを知る経験など、人生でそうないだろう。

カムナとフレイヤに助けを求めようとしたが、もう彼はすっかり囲まれている。だが、彼は不思議と怖くはなかった。

『クリス。頼られて愛される——技術士は他のどんな仕事よりも、そこに幸せを覚える仕事なの』

なぜなら、姉の言葉が頭に浮かんでいたからだ。

誰かに頼られ、期待に応えて愛される。人生の中で当たり前に流れてゆく物事を突き詰める仕事こそが技術士なのだと、シャロンはいつも言っていた。

十歳に満たない頃のクリスは、意味を理解できなかった。家業を手伝うようになってからも、実感する機会はなかった。

だが、今は違う。『高貴なる剣』のイザベラ達のような下劣な利用とは別の、本当の意味での人々の信頼と愛情を彼は掴み取ったのだから。

（頼られることで生きていく、か。やっぱり姉さんの言葉は、正しかったんだね）

くすり、とクリスは笑った。

「でも、それはそれとして、俺はどこに連れてかれるのかなぁーっ!?」

『コンコォーンっ!?』

笑いが戸惑いになり、クリスが騒ぎ出すまでそう時間はかからなかった。

群衆にもみくちゃにされ、濁流に呑み込まれるかの如く、クリスの姿が街の奥に消えてゆく。

あんな芸当を見せられれば、誰だって自分の道具を直してほしくなる。切れ味抜群の包丁が欲しくなるし、速い馬車が欲しくなるし、どこまでも見える双眼鏡を覗き込みたくなるのだ。

「馬車の後は鍋の修理をよろしくね！」

「俺も技術士を目指してるんだ、専用のツールを造ってくれないか！」

「わ、分かった、分かりましたから下ろしてください！」

「そうはいかないよ、最初にうちの家に来てもらわないと困るんだからさぁ！」

「報酬なら好きなだけ払うよ、俺の部屋に来ておくれ！」

もちろん、誰もが必要な報酬をいくらでも支払ってくれるだろう。

もはや人々にとって、クリス・オロックリンは憧れと信頼に足る存在になったのだから。

「カムナ、フレイヤ、助けてくれー……っ」

まあ、だからといって、彼を解放してくれるわけではないのだが。

仲間への言葉はかき消され、クリスは忽然といなくなった。残ったのはぽかんとするカムナとフレイヤ、肉焼き器を嬉しそうに触って生肉を突き刺す肉屋の店主だけだ。

「……行っちゃった、わね」

「ぼさっとしていると、クリス君が永遠に皆の為に働く羽目になりそうだっ！　追うとしよう！」

「そ、そうね！　こらーっ、クリスをさっさと返しなさぁーいっ！」

我に返った二人は、慌ててクリスと民衆を追いかけた。

結局、クリスはお願いされた中で半分ほどの修理をした。

残りの半分は後日必ず修理すると約束したことで解放されたクリス・オロックリンは、たった一日でホープ・タウンの中でもトップレベルの人気者となった。

しかし、彼に修理してもらった人達は、口を揃えてこう言うのだ。

──「本当に嬉しかったのは、修理の後にかけてもらった言葉だ」と。

──「優しい言葉が、自分の心を直してくれた」と。

第七章　深淵の森

そんなこんなで翌日、『クリス・オーダー』の三人は街を離れていた。

馬車で半日ほどの森の入り口に来た彼らの目的は、当然ダンジョン探索である。

入り口まで案内してくれた馬車が去っていくのを見送った一行は、改めて未知の世界の扉に向き直った。

「――ここが、『深淵の森』の入り口よね。扉の周囲が整備されてるなんて意外だわ」

それは文字通りの扉だった。

幾何学的模様（きかがくてきもよう）が無数に彫（ほ）り込まれた扉が、地面に埋め込まれていた。

周りを囲うように立てられた厳重な柵はともかく、まるで土の中から生えてきたかのように見える。事実、ダンジョンの扉はそこから生えてきたのだが。

「基本的にダンジョンはギルドが管理してるんだ。第一階層まではギルド側が階段を作ってくれてるし、そこまでなら定期的に不備がないかチェックもしてるんだよ」

「探索者（シーカー）は自分達の利益を生み出してくれるからな！　配慮も当然と言えるだろう！」

驚くカムナの隣で、クリスとフレイヤは慣れた調子で言った。

とにもかくにも、この扉を開かねば、ダンジョンには入れない。

「それじゃあ早速お邪魔して、と……ほんとだ、階段があるわ。でも、あたしがいたダンジョンにはなかったわよ、こんなの？」

取っ手を掴んで開いた先には、ダンジョンには似つかわしくない綺麗な階段が続いていた。

「カムナがいたところはまだ整備中の、最近発生したダンジョンだったからね」

「扉があるのに、階段はないって、おかしな話じゃない？　それに、第二階層からは自然発生した階段があるなんて……」

「ダンジョンの謎はまだ何も解き明かされてないんだ。俺達がしっかりと調査して、帝都に情報を渡せば、いずれその理由も分かるかもしれないよ」

「ふーん……まあいいわ、行きましょ」

荷物を背負った三人は互いに頷き合い、扉の中へと入っていった。

勝手に閉まった扉だが、階段の壁に松明（たいまつ）がかけられている。足元が見えるほどの明るさが維持されているおかげで、すたすたと一行は一番下にある扉の前までやってこられた。

こちらの扉は、上のそれよりも簡素で、押して開くタイプのようだ。

「あら、もう一個扉があるわね。ここを開ければ、第一階層に――」

首を傾げながらダンジョンの入り口を開いたカムナは、その先の世界に絶句した。

「……森？」

彼女の眼前に広がっているのは、森だった。

鬱蒼と茂った草木、どこまでも伸びる木々。

獣や鳥の鳴き声が聞こえて、川のせせらぎを感じた。

太陽の明かりすら、どこからか地下の空間に注いでいる。

これではまるで、ダンジョンではなく、別の世界だ。

いくらカムナが地上の世界について無知だとしても、森の下に森が広がっているなどあり得ないとは知っていた。驚愕した彼女は思わずクリスに向き直った。

「おかしいわよ、これ！　何で森の地下に、森が広がってるの⁉」

「ここはダンジョンだ。噂だと地下に海が広がっていたり、火山があったりするそうだから、外の世界の常識は通用しないんだよ」

「この程度で驚いていては最下層まで行けないぞ、カムナ！」

「お、驚いてないわよ！　ちょっとびっくりしただけ……って、クリス、あれ！」

フレイヤがからかうと彼女は反論しようとした。

しかし、そんな余裕はダンジョンでは与えられない。

『『ギイガアアァァーッ！』』

少し離れた草むらの影から、魔獣らしい生物が数匹、飛び出してきた。

見た目は襟巻(えりまき)の付いた、人くらいのサイズのどどめ色の蛇(へび)。しかしその口元には、ナイフや剣と見紛うほど長い牙が一対付いている。

あんなものが腕に刺されれば、貫通どころか腕が斬り落とされるだろう。

「いきなり魔獣の歓迎か！　しかもあれは牙蛇、Dランクダンジョンならかなり強い敵だ！」

「経験を積んだ探索者でも苦戦することのある魔獣だ！　皆、油断しないで……」

クリスはさっと身構えた。そして、早すぎる襲撃を前に、リュックの中からツールを取り出そうとした。溶断用のナイフで敵を切り倒そうとしたのだ。

「確かに苦戦する可能性はある、が！」

「あたし達が相手なら話は別よ！」

だが、彼の前に二つの影が躍り出た。既にアームズに手をかけたフレイヤと、腕から轟音を鳴らすカムナだ。

「「どおおぉりゃあああぁぁぁッ！」」

彼女達は敵を見据え、鋭い牙をへし折るかの如く、大鋸と拳で何匹もいた牙蛇をたちまち蹂躙した。

いくら牙が鋭いといっても、体はただの太い蛇だ。超高速で回転する大鋸の斬撃と、鉄すら貫く拳の打撃を受けて、ただで済むはずがない。

ばたばたと落ちてくる魔獣の死骸を目の当たりにし、クリスは呆然とした。

「……お見事、だね」

煙を噴かないようになった大鋸をしまい、フレイヤは腕を組んで笑った。

「大鋸を勢い良く振り回し、刃で敵を破壊する我流騎士剣術、『廻し斬り』の前では敵ではないなっ！　クリス君の調整のおかげで、このアームズも随分使いやすくなった！」

「何よそれ、今更だけど超カッコいい名前の技じゃない！　クリスだって『オロックリン流解体術』を持ってるし……あたしは、ええと……」

元聖騎士の名は伊達ではないとばかりに凄まじい強さを発揮するフレイヤの隣で、カムナは目を細めてぷんすかと怒り出した。

どうやら彼女は、自分の技能に名前がないのにご立腹のようだ。

うんうん、と怪物の遺骸の真ん中で頭を捻った彼女は、ぱっと閃いた。

「そう、『神威拳』！　さっきの技は『神威拳』よ！」

要するに、ただのパンチである。クリスは敢えて何も言わなかったが、フレイヤはつっこまずにはいられなかったようだ。

「はっはっは！　ただの打撃に見えたが、そうではないのだな！」

「こ、これはカムナックルよ！　誰が何と言おうとカムナックルなのーっ！」

「うん、名前通り凄い技だったよ、カムナ」

「そうでしょそうでしょ、分かる奴には分かるのよ！　やっぱりあたしの主人だけあって、あんたはセンスがグンバツでチョベリグねっ！」

フレイヤに茶化されて一層頬を膨らませるカムナだったが、クリスにネーミングセンスを肯定されると、たちまち機嫌を取り戻した。

こうなると、どこまでも調子に乗るのがカムナだ。

「さあ、さっさと最下層まで行くわよ！　クリスのお姉さんと『アメノヌボコ』を見つけるまで、カムナ様はノンストップなんだからーっ！」

ぐるぐると腕を振り回し、魔獣を踏みつけて進軍する様は、頼り甲斐がある反面、暴走にも思えた。

「……優しいな、クリス君」

「頼りにしてるのは事実だし、カムナのそんなところが、俺は好きだからね」

くすりと笑うフレイヤの隣で、クリスは彼女への愛情を隠さずに答えた。

さっきはからかったが、フレイヤもカムナを信用している。やや乱暴な妹ができたようで、彼女も嬉しいのかもしれない。

とにかく、たった今猪突猛進している彼女は、なくてはならない存在だ。

「良い返事だ！　では、私達もあの猛進少女についていくとしよう！」

二人は頷き合い、道も分からないのに突き進むカムナを追いかけた。

これ以上ないくらい幸先の良いスタートを切れたと思い、クリスは微笑んでいた。

それからダンジョンの探索は、恐ろしいほど順調に進んだ。

『深淵の森』の名前とは裏腹に、どこからともなく注ぐ光のおかげで道に迷うことはなかったし、障害もカムナとフレイヤの能力で難なく突破した。

「二人とも、しっかり掴まって！　向こう岸までひとっとびよーっ！」

例えば、人間では到底向こう岸まで届かない広大な川を、カムナは一回の跳躍で越えてしまった。

「この程度の岩なら！　一刀、両断ッ！」

例えば、下の階層へと続く扉を塞いでいた落石を、フレイヤは大鋸で両断してしまった。

ダンジョン内で次の階に行くには、この扉を開き、整備されていない薄暗い通路を進まないといけないのだ。彼女がいないと、岩をどかすのに苦労していただろう。

「うん、上手く鳥の筋肉を『解体』できた。後で焼いて食べるとしようか」

ちなみにクリスはというと、地を走る鳥を捕まえて指をなぞらせただけで骨を外し、生きたまま動けなくした。戦闘で大きく貢献できなくとも、こういった貢献は大事だ。

『コン、コンコン！』

ちなみにコネクトは、時折三人の周りを駆け回って心を和ませた。

　こうしてダンジョンを進んでいるうち、あっという間に最下層の一歩手前までやってきた。魔獣は木々を抜け、岩場を渡るたびに襲ってくるが、カムナ達の敵ではなかった。

「――よっとおおおぉっ！」

『オ、オオ……！』

今しがた彼女の拳が脳天に直撃した、鹿を模した魔獣が死亡した。

どう、と倒れ込んで動かなくなった怪物は、他にも彼女の周りに転がっていた。

フレイヤもまた、大鋸を振るって敵を斬り刻んでいる。クリスが何もしていないというより、彼女が動く前に、二人が暴れ回って敵を殲滅してしまうのだ。

クリスとしてはありがたかったが、乱雑すぎる攻撃で素材が傷むのが悩みだった。

「うし、これで十四目！　何よ、九階まで下りてきたのに、魔獣って案外大したことないのね！これなら最下層まであっという間だわ！」

「落ち着いて、カムナ。素材も集めておかないと、大事な資金源だからね」

「おっと、そうだったわね。はい、クリス、『双角』の角よ！」

「……へし折っちゃ駄目だよ、カムナ……」

怪物の角を真ん中辺りからへし折って手渡すところから察せる通り、特にカムナは粗雑である。善意でやってくれている分、クリスは嬉しさと複雑さがやはり半々である。

溶断用ナイフで『双角』の角を斬り、彼はリュックにしまった。

「でも、これだけの速さで第九階層まで来られたのは幸いかな。魔獣の遭遇数も少ないし、この調子でいけば予想よりも早く……フレイヤ？」

フレイヤは指を顎にあてがって、考え込んでいた。

カムナ同様猪突猛進だが、聖騎士（パラディン）としての思慮深さも持ち合わせている彼女の行動には、恐らく理由がある。

そう思ったクリスは、彼女に声をかけた。

「む、どうかしたかな、クリス君！」

「いや、何かを考えてたようだからさ。気になることがあるのかい？」

「君に隠し事はできないな！　その通り、少しおかしいと思っていた！」

辺りを見回しながら、フレイヤは怪物を引き寄せそうな大声で話す。

「本来ならここに至るまでに、今の三倍近い魔獣と遭遇していてもおかしくない！　だが、出会った数も、見つけた数も少なすぎるっ！」

フレイヤにとって、この階層に来るまでの間に遭遇した敵の数はあまりに少なかった。

クリスとカムナが出会ったダンジョンではこれよりももっと少なかったが、それは階層が多くないダンジョンだったからだ。

今回の『深淵の森』は、危険な魔獣こそ少ないが、魔獣の生息数は多い。そして、それだけの気配が確かに感じられた。

だが、向こうから離れる場合も多かったのだ。

「そんなの、あたしの気迫にビビってるだけじゃないの？」

「だといいがな！　もっと気にかかって仕方ないのは、魔獣らしからぬ妙な雰囲気を感じることだ！　おまけに、人の足跡があるのは明らかに異常だろうっ！」

彼女が言っているのは、ダンジョン全体を覆うような嫌な気配である。これはクリスもカムナも察せないが、聖騎士（パラディン）だから感じるものなのだろう。

ついでに、人の足跡があるのもおかしな話である。自分達より先に探索をしている者はいないはずだし、いるとすればどこかで鉢合わせてもおかしくない。

なのに、フレイヤの足元には、明らかに自分達のものとは違う足跡があった。

「確かに、これは人の足跡だ……靴底の形も、俺達のものとは違うね」

「だいぶ前に来た奴の足跡が、まだ残ってるだけじゃない？　考えすぎよ、フレイヤ」

不確定かつ運も絡んでくる要素を、過剰に恐れる必要はないのも事実だ。

カムナの推測が正解な可能性もある。

「うむ……それもそうだな、忘れてくれっ！　それよりも向こうにちょうどいい草むらがある、そこで少し休憩を取ろうかっ！」

「切り替えが早いわね、あんた……でもまあ、一理あるのは認めてあげるわ」

自分から始めた話をあっさりと流し、フレイヤは少し離れたところを指さした。開けた草むらの奥に泉がある、いかにも休憩してくださいと言わんばかりの場所だ。

カムナも同意して、三人は底が見えそうなほど綺麗な泉にやってきた。彼女は泉の端に近づくと、指を水に浸け、ぺろりと舐めた。

「……うん、飲用に適しているわ。人間が飲んでも問題ないわね」

「カムナ、そんな機能があったの⁉」

「こんな程度で驚いてちゃ駄目よ、もっとたくさんの機能が隠されてるんだから！　それじゃ、あたしが見張ってる間に捕まえた鳥でも食べて、人間は英気を養いなさい！」

にっと歯を見せて笑うカムナの傍で、クリスはようやくリュックを下ろした。

フレイヤも同様に腰を下ろし、背負っていた大鋸を自身の横に置く。カムナが最後にどっかりと座り込むと、やっと三人は気を緩めた。

「ありがとう、カムナ。フレイヤ、俺が食事を作るよ」

「助かるっ！　私は料理ができないからなっ！」

リュックから取り出された調理器具が並び、三人がそれを囲む。カムナは兵器ゆえに食事を必要としないが、こういうシチュエーションは気分が大事だ。

「それじゃあ、食事をしながら、アームズとカムナをメンテナンスしようか」

クリスは、溶断用ナイフを引き抜き、肥えた鳥に刃を入れた。

肉を切り分け、骨を調理用のスタンドに引っ掛けて、外側から火を通す。小袋に入った塩を指先でつまみ、クリス好みのやや薄い味付けで調える。

「よし、塩を少々と、火の通りを確かめて……うん、これでいいかな」

簡素な鳥料理を拵えたクリスは、骨付きの肉を一本、フレイヤに手渡した。

「どうぞ、フレイヤ。俺はこっちの脚を貰って、っと」

二人が互いに骨を掴むと、クリスは普通に、フレイヤは深紅の口内が見えるほど大きな口を開いて、鳥肉にかぶりついた。

「――美味いっ！　いい塩加減だな、私好みの味だぞ、クリス君っ！」

「ありがとう。そんなに喜んでくれるなら、俺も作った甲斐があるよ」

どうやら、クリスの技量はフレイヤの舌を満足させられたようだ。

調理手段を持たないか、そういった技術のない探索者の場合、乾燥食料か固形の栄養食で空腹を満たす。本人達は気づく由もなかったが、クリスのおかげで新鮮な食事にありつけるのは、実は『高貴なる剣』にとってもメリットだったはずだ。

フレイヤの満面の笑みこそが最高の調味料だと言わんばかりに、彼もまた肉を齧る。

「ところでカムナ、腕の調子はどう？」

「ちょうど魔獣を殴った時に軋みを感じてたから、助かるわ。それはそうと、クリス、食事をとりながら修理しなくてもいいんじゃない？」

「ごめん、ごめん。いつも何かを修理しながら食事してたから、つい、ね」

クリスはカムナの左腕の肌を開き、中身を弄くり回しながら肉を齧っていた。

最初は骨を片手で持ちながらだったが、今は肉を頬張りながら、両手でカムナのパーツを捻じり、埃を取り、少し汚れた部位を自分の服の裾で綺麗にする。

修理屋だった頃の癖が抜けきらない彼は、複雑な顔のカムナをよそに作業を続ける。

「ここの強度が少し気になるから、帰ったら別のパーツで調整してみようか……外部装甲の接続が可能らしいからこれも考慮して……あとはこの部位の汚れを取って、アームズ用の油を塗って……よし、できた」

肌の色をした外装の蓋を閉めて、クリスは彼女を解放した。

「ありがと、クリス。やっぱりあたしの体を任せられるのは、あんただけね……」

いつものように礼を言う彼女だったが、どこか心ここにあらず、といった雰囲気だった。どうしてだろうかと彼女の目線の先を見ると、そこにあるのは澄んだ泉。

金色の目に透明な水が映るのを見た彼は、微笑んだ。

「……カムナ、泉が気になる？」

「うぇ!?　べ、別に気にしてないわよ！　関節に砂や土がちょっと挟まってて、髪も汚れてるのが気になって、クリスの整備とは別で水浴びがしたいなんて全然思ってないんだから！」

彼女は手をバタバタと振って否定したが、本音がだだ漏れだ。

戦闘役を担ってくれた彼女の願いを聞かずして、何が主人だろうか。

「うん、分かった。俺が見張りをしてるから、泉に入ってきてもいいよ」

「……ほんと？」

「ここまで頑張ってくれたからね。アームズをメンテナンスしながら魔物が来ないか見ておくから、好きなだけ水浴びしてきて……フレイヤも、一緒にね」

「ふむ、うーむ！　私も入りたいと思っていたのが、ばれてしまったかっ！」

カムナの顔がぱっと明るくなった横で、鳥の骨を咥えるフレイヤも、照れくさそうにはにかんだ。

彼女の視線にもクリスは気づいていたのだ。

「では、君の言葉に甘えるとしよう！　行くぞ、カムナっ！」

「わーい、やったーっ！」

二人が勢い良く立ち上がり、ばたばたと泉に駆け寄っていく時には、クリスは既に背を向けて、大鋸を引きずって少し離れた草むらを目指して歩いていた。

（それじゃ、俺はこっちで回転大鋸を調整しようか。二人の姿が見えないように、と）

衣類が脱げる音と、何かが水に飛び込む音を聞きながら、彼はアームズの調整を始める。集中すると、たちまち自分の世界に入り込む。

（やっぱり魔獣の肉や血が挟まりやすいんだな。チェーン部分をもうちょっと俺が上手に整備できれば、もっと長時間性能を維持できるはずだけど……）

掃除用の特殊な工具を器用に動かし、魔獣の肉を剥がし、血の塊をほじくり返す。外皮や衣服で守られているカムナと違い、おおまかな部分を調節したとはいえ、『グレイヴ』はまだまだ改良や調整の余地を大きく残すアームズだと実感する。

外側と内側を同時に綺麗にしながら、技術士はふと思う。

（……誰かの為に修理ができるこの時間が、やっぱり楽しいな。本当に、俺は幸せ者だ）

自分の生き甲斐を誰かの為に昇華できる。そんな幸福を、改めて噛み締める。

これからも彼女達と共に、彼女達の願いを叶えながら、自分の夢を追いかけたい。そう思いながら、クリスは『グレイヴ』の歯車を削り始めた。

「クリスーっ！　すっごく気持ちいいわよ、クリスも入りなさいよーっ！」

遠くからカムナの声が聞こえてきたが、クリスは困ったように笑った。

「ダメだよー、俺が入ったら大変なことになっちゃうからねー」

「大変なことってー？」

「はっはっは！　カムナ、深く聞かない方がいいだろうっ！」

フレイヤが大人の対応をしてくれたおかげで、カムナはそれ以上何も言ってこず、再び水浴びに興じ始めた。

美女二人の誘惑は、いくらクリスでも振り払い切れない。

こうしてアームズを弄っていないと、思春期の青年には毒ですらある。

『コンっ』

そんな中、不意にコネクトがリュックの中から飛び出してきた。

「ん？　コネクト、どうしたんだい？」

『……コルル……』

コネクトはまるで野生動物のように、虚空を睨んで唸っている。

人間には見えない場所に何かがいるかのように唸っているのだ。

こんな様子のコネクトを、クリスは初めて見た。

これまで魔獣に威嚇することはあっても、怯えることは一度だってなかったのだ。

「何かいるのかな？　何が見えるのか、教えてほしいな」

『コン、コン！』

クリスが聞いても、コネクトは何度か叫び、彼のひざ元に戻るだけだった。

結局、さっぱりした様子のカムナとフレイヤが戻ってきた頃には、コネクトの調子も元に戻っていた。だから、クリスはそれ以上追及しなかった。

実を言うと、彼にはちょっとばかりあてがあったのだ。

「……俺にも一応、見えてはいるよ。あそこの足跡はね」

コネクトの頭を撫でるクリスが、空いた方の手で離れたところを指さした。

彼の目に映っているのは、人間の足跡。

それも、冒険者パーティーにしては数が多すぎる足跡だ。普通、パーティーは三人から五人、多くても六人ほどだが、足跡は明らかに十人を超えている。

人数が把握できたのは、歩幅がどれもばらばらだからだ。

明らかに訓練された人物ではないし、歩き方がぞんざいなのだ。

そのような人物達が最下層に行っている理由など、ろくなものではないだろう。

「大丈夫だよ。人間が相手なら、何とかするさ」

クリスは水音を聞きながら、修理をいったんやめ、コネクトを宥めるのに集中した。

だが、コネクトの野生の勘に従っておくべきだったと、彼らは後悔することになる。

少なくとも――ツールにしか聞こえない咆哮（ほうこう）が、人間にも聞こえていたならば、あんな恐ろしいトラブルに遭遇することはなかっただろう。

第八章　規格外の魔獣

「それじゃあ、コネクトが何かを気にしてたの？」

「うん。さっきまで何ともなかったのに、最下層の扉に近づいた途端にそうなったんだ。あんなに震えてるコネクト、今まで見たことないよ」

第九階層から最下層へと続く通路を歩くカムナ達は、クリスの話を聞いていた。

ダンジョンの入り口のように整備されていない通路は、狭い下り坂となっている。この通路を進んだ先にある扉を開けると次の階層に行けるのだ。

さて、『白金トマト』のある階層に向かう最中、すっかりリフレッシュしたカムナとフレイヤに、クリスはコネクトのおかしな様子について話した。

狐の相棒は今でこそ落ち着いた様子でリュックの中にいるが、クリスがしっかり落ち着かせるまではずっと震えていた。

「震えてるって……お化けでも見たんじゃないの？」

「お化けよりずっと恐ろしい魔獣がうようよいるダンジョンを、何度も往復してきたんだ。今更お化けくらいで怯えるとも思えないけど……何だか、嫌な予感がするんだよ」

顎に指を当てながら思案に耽(ふけ)るクリスだが、カムナ達はいたって余裕の態度だ。

「問題ないわ！　どんな敵が来たって、あたしがいれば百人力よ！」

「うむ！　私達二人とクリス君なら、たいていの敵は障害にもならないだろうっ！」

二人揃って親指を立ててみせた姿を見て、クリスは小さく笑った。

「だといいんだけど……それじゃ、開けるね」

いつの間にか、三人は大きく荘厳(そうごん)な雰囲気を醸(かも)し出す扉の前に来ていた。

クリスが扉を押すと、その先に広がる世界は、先ほどまでとはまるで違っていた。

まるでいきなり真夜中になったかのように、世界が暗く染まっているのだ。

真上の階層から光が射し込んでいて、周囲を見渡せる程度には明るいが、それでも不安をかき立てるには十分すぎる闇の深さだ。

自慢のブロンドすら薄暗く見える空間に、カムナの表情にも自然と緊張が奔った。

「ここが最下層……さっきまでと、雰囲気が違うわね」

「これが『深淵の森』と呼ばれる所以(ゆえん)さ。今までは普通の森、だけど最深部は上の階層のわずかな光しかない、闇の世界なんだ」

エクスペディション・ギルドで培(つちか)った知識を話しながら、クリスは前に進む。森林と呼ぶのにふさわしい木々の隙間を抜け、夜に近しい道を歩いてゆく。

少しだけ前進して、開けたところに出たクリスが足を止めた。フレイヤも警戒した顔で目を細めた。

「当然、魔獣の質も上がってるはず……なんだけど……」

「私も同じことを考えていたぞ、クリス君……ここには魔獣の気配がない」

そう。森の中を歩いても魔獣が迫ってこないどころか、その気配すらないのだ。

これまでの階層であれば、早々に魔獣が奇襲を仕掛けてきた。ただでさえ数が少なかったが、完全にやってこないとなると逆に不安になるものだ。

「ふふーん！　やっぱり、あたしの力に恐れをなして、とんずらこいたのよ！　まあ、怪物連中にしては正しい判断ね！」

「だといいんだが……いいや、やはり異常だ。進んでみても、鳥や獣の気配すらない」

「言われてみれば確かにそうだね。まるでこの階層だけ、魔獣も他の生物も、消えてしまったかのような……」

何もいないというのは、何かがいるよりも人の不安を煽る。

そんな中、すっかり闇に慣れたカムナだけは胸を張り、二人の心配を鼻で笑った。

「気にしすぎなのよ、二人とも！　心配ならさっさと『白金トマト』を採ってここを出ればいいんだし、あとでギルドに調査させればいいのよ！」

「……うん、それもそうか。心配してもきりがないかもしれないね」

「そうよ、もっと前向きに考えるべきよ……って、言ってる傍から、あれ！」

クリスを元気づけたカムナは、ふと何かに気づき、離れた木の幹を指さした。

「あのピカピカ光ってるトマト、あれが『白金トマト』よね！　早速採ってくるわ！」

遠くの景色が見えづらい森の中でも白く光るあれこそが、お目当ての『白金トマト』だ。

それが分かるや否や、カムナは一目散に駆け出した。

「ま、待って、カムナ！　前向きなのはいいけど、不用意に動くと危険だ！」

クリスが引き留めるのも構わず、彼女はトマトの前で急ブレーキをかけ、それをもぎ取った。トマトなのに硬い感触だったので違和感を覚えたものの、無事に採取はできた。

しかも、仲間達が慌てているのとは裏腹に、何も起こらない。トマトが暴れ出したり、トマトを守る魔獣が襲いかかってきたりを予想していたカムナは、むしろ拍子抜けだった。

「ほーら、簡単に採ってやったわ！　二人とも、採取でも最強のカムナオイノカミ様をあがめなさい、奉りなさい！　クリスは後で頭を撫でてほっぺにちゅーしなさい――」

「――カムナ、こっちに来るんだ！」

トマトを握ったままはしゃぐカムナだったが、不意にクリスが鋭い声を発した。

「えっ!?　どうしたのよ、クリス!?」

言われた通りに戻ってきたカムナからトマトを受け取るが、クリスの視線は彼女に向いていない。

彼が睨みつけているのは、彼女がいたところよりもずっと奥の、茂った木々の闇だ。

「……人の気配がする。何だか嫌な予感もだ、とにかく俺のところに来てくれ」

じっとりと濡らすような感覚が、クリスの肌を伝わる。誰かが、しかも何人かがこちらを見つめる目線、きっとその感覚が一番近いだろう。

クリスのダンジョン探索経験は決して多くはないが、人間との戦いは初めてだ。

あまりに特殊な環境では、人間同士が手を取り合わないと踏破どころか、無事に帰ることすらかなわない。ましてや喧嘩などしたら他の探索者に迷惑がかかる。

だから、ダンジョン内での決闘や勝負は、ルールでご法度となっている。

それを知らないで、もしくは無視してこちらを狙うのなら、相当な無法者か大バカ者である。

「こんなところで人間とは、探索者なら珍しくないな。だが、どうだ？」

「探索者なら珍しくない、という点では俺も同意かな。ここまで一度だって顔を合わせてない上に、わざと俺達の視界に入らないように動いていた時点で信用はならないけどね」

『コン、コーン……』

すっと身構えるクリスのリュックから、コネクトがか細い声を漏らした。

「クリス、コネクトがビビってるわよ。これが、さっき言ってたおかしな様子ってわけ？」

「コネクト、あそこにいる相手に怯えてるのかい？」

『コォーン……』

少しだけ間をあけて、クリスは首を横に振った。

「……違うみたいだ。どちらにしても、危険な何かが最下層にいるのは間違いない。それが人間なら、早めに説得して上に連れていくよ。もしもそうじゃない相手なら……とにかく、逃げることを最優先に考えるよ」

ひとまず敵が人間なら、会話くらいはできるに違いない。

そう考えたクリスは、仲間達から一歩前に出た。

「こっちに敵意はない！　何が目的かは分からないけど、顔を見せてくれ！」

最下層中に響く声で、クリスが言った。普通の探索なら絶対に出さないような大声だ。

果たして何が出てくるか。出てきたとして、どう対処するか。

ごくり、と唾を呑む一同の前に、彼らは木々の影からぞろぞろと姿を現した。

「――敵意はないだァ？　俺様の方は、そうじゃないんだなァ」

そして不敵な声で笑う男を見た途端、三人の肩からすっと力が抜けた。

彼らの前にぬっと出てきたのは、あのジェイミーだったのだ。

いつものシャツの上からマントを羽織っているのは、きっとクリスに破壊されて無残な様になった腕を隠す為だろう。加えて、アームズも所有していないらしい。

ついでに、彼を囲むように護衛しているのは大市場で鉢合わせた探索者が半分と、探索者よりずっと乱暴そうな悪漢達が合わせて十五人ほど。

ただ、後者の悪漢達はダンジョンに一度も足を踏み入れた経験がないらしい。

その証拠に、アームズを持ってこそいるが、相当疲弊しているようである。

「……何だ、ジェイミーか」

「何だとは何だ、コラァ！」

周りの仲間を怯えさせる怒声だが、ジェイミーが怒鳴った。

クリスがため息をつくと、クリスにとってはどうでもいいことだ。

「どうして君がここにいるのかとか、探索者にすら見えないガラの悪い連中を何で引き連れてるのかとか、聞きたいことはたくさんあるけど、今はやめとくよ」

「つーか、あたしは興味もないわね」

「ここは危険だ。俺達はダンジョンから出るから、君達も逃げた方がいい」

明らかに様子のおかしいダンジョンでもたついていれば、どんなハプニングに巻き込まれるか分からない。まるで予測のつかない事態に比べれば、ジェイミーとの遭遇など何でもない。

むしろ、こんなところで時間を食っているほうが、よっぽど危険だ。

「第一、ここに来るまでに何人か死んでるんじゃないのか？　探索者でもない暴漢を何人か連れてきたくらいで、無傷で最下層に来られるほどダンジョンは甘くないよ」

クリスの目には、ジェイミーの部下の不安が読み取れた。

恐らく、元の部下の数はもっと多かったはずだ。

だが、わがままなくせに一切戦力にならない貴族を守りながら、おまけにダンジョン踏査がほぼ未経験の乱暴者を引き連れてきたのだ。誰もが傷だらけ、血だらけなのは当然である。

きっと最下層に到着するまでに、山ほどの犠牲を払ったに違いない。

「……実は、五人ほど……痛だっ！」

弱々しい声で部下の一人が呟くと、ジェイミーが彼の頭を殴りつけた。

「あいつらを始末するのを手伝えば、一生遊べるだけの金をくれてやる！　てめぇらはそれを引き受けたんだろうが、間抜けな奴が死んだくらいでつべこべ言うな！」

「で、でも、他の探索者が来たら……」

「うるせえ、うるせえよ！　他の連中が探索に来ないように脅してやったし、今ここにいるのは俺様達とクリス共だけだ！　もしも関係ねえ奴らが下りてきたって、死体をてきとうに処理すりゃ誰にもばれねえだろ！」

わざわざくだらない計画を喋ってくれる辺り、彼の口には戸がないらしい。

「五人で済んだのは幸運だったね……」

ジェイミーを残して全滅する可能性もあったはずで、彼らは幸運と言える。

唯一の不幸は、この期に及んで逆恨みしか頭にない男の部下であったことだ。

「てめぇのせいでな、俺様は『高貴なる剣』から捨てられた！　イザベラからも見放されて、ホープ・タウンじゃ俺様の名前を出すだけで笑われちまう！　このままじゃ探索者の資格すら剥奪されて、俺様はどこにも帰る場所がなくなるんだよ！」

「実家に帰ればいいんじゃないかな」

さらりと告げたクリスの提案が正しいとしても、ジェイミーの耳には届かない。

「だったらどうするか、てめぇらをブチ殺さねえと気が済まねえ！　もう俺様の家族も誰も、このジェイミー・マイヤーをバカにできねえように、徹底的になぁ！」

今の彼は哀れな復讐鬼だ。

おまけに自分が原因なのだと気づいていないのだから、なお始末が悪い。

当初は自分の所有物にしたがっていたフレイヤですら、もう彼にとっては切り刻んで殺してやりたい仇敵になっているようだ。

これではとても、説得など望めないだろう。

「あの時は一対一だったから負けたんだ！　今度はてめぇらの何倍も部下を連れてきたからな、生きて地上に出られると思うんじゃねえぜ！」

挙句の果てに、彼はまだ、正面から戦ってクリスに勝てると思っているのである。

マントで隠した腕がどれほど悲惨な状態か理解していれば、もう二度とクリスに絡もうとしないか、襲うにしても不意打ちを仕掛けただろうが、そんな思考すら残っていない。

バカ、という言葉ですら形容できない正真正銘の愚か者を目の当たりにして、カムナとフレイヤは怒りを通り越し、げんなりした目でジェイミーを見ていた。

「……あれ、本当にあんたと同じ人間なの？　頭の出来が違いすぎるわよ」

「うむ……同情するな。帝都の矯正施設も匙を投げるだろう」

だが、侮蔑の視線には、ジェイミーは目ざとく反応するようだった。

「ごちゃごちゃ言ってんじゃねえ！　おい、ぼさっと突っ立ってねえであいつらをぶちのめせ！」

「で、でも……探索者が言ってんですよ、危険だって……」

「地上でも仕返しなんてできるだろうし、もうへとへとだし、ここはあいつらに従って……」

クリスの話を聞いて及び腰になったのは、何も探索者だけではない。

仲間の死を見た暴漢達も戦意を削がれていたが、ジェイミーは彼らのやる気を引き出した。

「ひっ……！」

ドン、という音と共に倒れた部下と、自分の手に握ったピストルによってだ。

地面に広がる血を見下ろして、彼は亡骸（なきがら）に唾を吐いた。

「次、俺様の命令に逆らってみろ。てめぇらだけじゃない、親も仲間も殺すぞォ！」

「あいつ、自分の仲間を撃ったわよ⁉」

驚愕するカムナの前で、ジェイミーの部下達の恐怖は頂点に達した。

「ひ、ひいいいっ！」

奇声を上げて、彼らはアームズを構えてクリス達に襲いかかった。

こうなれば、説得も交渉も望めない。

「かわいそうだけど、やられてやるわけにはいかないっ！　行くよ、二人とも！」

「オッケー！」

「分かった！」

フレイヤが頷き、カムナが待っていましたと言わんばかりに笑い、共に敵を迎え撃った。

いの一番に悪党と激突したのは、やはりカムナだ。

「でりゃあああっ！」

彼女の拳は凄まじく速いだけでなく、鋼の硬度を持つ。いかにアームズで受け止めようとしても、とんでもない威力で何もかも弾かれてしまうのだ。

もちろん、ただ力任せの攻撃ではない。

相手の乱暴な一撃をかわし、カウンターパンチを叩き込む格闘センスも持っている。

「ぶっぎゃあああ⁉」

こんな彼女に、並の男が敵うはずがない。

あっという間にカムナの周りには、男達の体が山積みになってゆく。
七、八人の男達が襲いかかったのに、残ったのは二人ほどだ。
「あんた達みたいな三流相手、『神威拳（カムナックル）』を使ってやるまでもないわ。一発でぶちのめしてやるから、そこだけは感謝しなさいよ……ねっ！」

「いやそれ二発目んぎゅおお⁉」

男の顔にカムナの拳が命中すると、血が噴き出し、ぴくりとも動かなくなった。

その一方で、フレイヤはひらりと敵の攻撃をかわし続けていた。射程の長い槍や斧で攻撃されているのに、彼女は踊っているかのように避けてみせるのだ。

「聖騎士（パラディン）だからって関係ねえ、し、死にやがれ！」

「あんた達に恨みはねえけど、ジェイミーに逆らったら命がないんだよ！」

「ふむ、金で雇われたはいいがダンジョンを甘く見ていたというわけかっ！　従う相手を見極める目だけでも、養っておくべきだったな！」

動きに焦りが見えてきた敵の手を掴むと、フレイヤはくるりと彼を捻り倒した。

そうして握りしめたのは、男が使っていた三節棍（さんせつこん）だ。

「大鋸で一刀両断するわけにもいかないなら、これを借りるとしよう……はあぁっ！」

フレイヤが普段使っているイメージのない武器だが、そこは百戦錬磨（ひゃくせんれんま）の聖騎士（パラディン）。やみくもにアームズを振るうだけの悪党を、たちまち棍で薙ぎ払った。顔に、手に、足にしなりを利かせた鋼鉄の棒が直撃すれば、それだけで致命傷になりえるのだ。

「うぎゃあ！」

「う、腕が……！」

足の骨が砕け、腕が奇怪な方向に曲がって悶える敵を見て、フレイヤが鼻を鳴らした。

「腕一本で済んで良かったと思うべきだなっ！　それにしても、仮にも聖騎士（パラディン）がこんな鉄の棒で人を殴る羽目になるとは、世の中分からないものだっ！」

口ではそう言いつつもすっかりカンフー・スタイルが様になっているフレイヤと、最後の一人の足を掴んで遠くに投げ飛ばしたカムナを見て、すっかり敵は戦意を失っていた。

そうして彼らは、クリスに標的を定めた。

「おい、あの技術士を狙うぞ！」

「あいつさえどうにかすりゃあ、ジェイミーさんも納得してくれるはずだぜ！」

「銃を使え！　ドタマにぶち込んで殺せ……」

しかし、彼らは気づくべきだった。

音もなく自分達の眼前まで歩み寄ってきたクリスこそが、最も危険なのだと。

「銃はもう少し離れて使った方がいいよ。特に技術士を相手にする時はね」

彼がこともなげに告げるのと同時に、敵のアームズが全て、バラバラと崩れ落ちた。小さな部品の塊、その一つ一つが自我を持って逃げていくかのように地に落ちたのだ。

しかも、彼らの腕や足、指もおかしくなっていた。

あり得ない方向に曲がっていたり、異様に短くなっていたり。

「え、あ、あれ？　ピストルが、バラバラに、というか、俺の腕、も？」

唖然とする敵の前で、クリスはわざとらしく肩をすくめた。

「オロックリン流解体術……といっても、本当にただの解体だよ。骨や肉は鋼よりずっと柔らかいから、内側で分解しやすいんだ。ほら、そこでボーッとしてる君達も」

懇切丁寧な説明だったが、もう誰もクリスの話を聞いていない。

ある者は太ももとひざと足首の向きが滅茶苦茶で、ある者は手がゴムのようにぐにゃぐにゃになっている。まともな生活すら送れない姿で、戦えるはずがないだろう。

「ちょ、ちょちょ、どうなってるんだ⁉」

「足に力が入ってるのに立てねえ……腰から下が、言うこと聞かねえよぉ……！」

ある意味一撃で叩きのめされるよりも惨い結末を迎えた敵に背を向け、クリスは隣に並ぶカムナ、フレイヤと共に、唯一残されたジェイミーを睨んだ。

「さて、ジェイミー」

「うっ……！」

「二回も孤独を味わって、まだくだらない意地を張り続けるのかい？」

『高貴なる剣』からは追い出され、無理矢理連れてきた仲間も失った。

もう――というより最初から勝てる見込みはなかったのに、ジェイミーはまだ虚勢を張り続けた。

「う、うるせえ、うるせえ！　俺様は孤独じゃねえ、地上に戻ればまた金で……」

そんなものがこの『深淵の森』で何の役に立つというのか。

「金と権力以外での繋がりが、ないんだね」

「……っ！」

特に、心も解体するクリスの前では。

ジェイミーの目が、病的なほど大きく見開いた。

今までクリスは、ジェイミーの金と権力に萎縮していたが、そのどちらも大したものではないと知った今、まるで恐れてはいなかった。

むしろ、そんなものに縋りついているジェイミーが哀れにすら見えていた。

「俺にはそのどっちもないけど、どっちよりも大事な繋がりを持ってる。カムナもフレイヤも、かけがえのない仲間だ。ジェイミー、君にとって本当に大事なものが見つからないなら、何度俺と戦っても勝てないよ」

「そ、それは、てめぇに強い味方がいるからだろ！　タイマンなら、俺様の方が……」

「壊された腕の痛みを忘れたのなら、思い出させてあげようか」

クリスが指の関節を鳴らすと、ジェイミーがびくりと震えた。

「ひっ……！」

解体された指と腕が、本能的に震えた。

どれほど威張り散らそうと、体が恐怖を覚えてしまっている証だ。もうやめてくれ、あれだけは嫌だと体が泣き叫んでいるのだ。

ひ、ひ、とうわごとのように声を漏らすジェイミーの惨めさに、両隣からため息が聞こえた。

「クリス君、もういいだろう。君の声や真意は、この男には永劫届かない」

「あんたが手を下すのが億劫だっていうなら、あたしが代わりに叩きのめしてやるわよ。こういうムカつく男の顔面をぶっ潰してやるのって、気分爽快だもの！」

ずい、と前に出た二人の肩を叩いて、クリスが言った。

「俺がやるよ。ギルドの救助班を呼んで回収してもらってから、帝都の牢獄に叩き込む」

黒と紫の瞳に睨まれたジェイミーのズボンが、股から足にかけてじわりと濡れた。一足いくらもするような高級品のブーツが黄色く染まるのを、彼は確かに感じた。

しかし、人生で二度目の放尿を気にする間もないほど、彼は追い詰められていた。

「う、うううー……っ！」

逃げるか、戦うか。

どちらを選ぶべきか。

プライドに従うなら、銃口をクリスに突きつけるべき――。

「来い、ジェイミー。二度と人に悪意を振り撒けないように、徹底的に解体してやる」

――できるわけが、なかった。

「――うわあああああぁぁぁっ！」

天より高いプライドがへし折れ、ジェイミーは泣き喚きながら森の中へと駆けていった。

解体されてプラプラと揺れる手を振り、涙と尿の混合物を撒き散らしながら逃げる彼の頭にはもう、誇りだとか、権力の行使だとかはない。

クリスに解体されたくない。まだ生きていたい。

その一心だけで逃亡したジェイミーの姿は、あっという間に暗闇の中に消えてしまった。

「逃げたわね。クリス、追いかける？」

がしゃん、と腕をジャッキのようにスライドさせたカムナに、クリスは首を横に振った。

「いや、やめとくよ。いくら魔獣の数が減ってるとはいえ、アームズも持たない怪我人がたった一人でダンジョンの奥地から出られるわけがないからね」

ジェイミーを追いかけて倒すのが、ここに来た本来の目的ではない。

白金トマトを見つけて持ち帰る。ついでに、死屍累々（ししるいるい）の彼の部下を安全なところに移動させて、エクスペディション・ギルドに救助班を要請する。

少し仕事は増えたが、そちらが本題だ。ジェイミーになど、構っていられない。

それもそうかと頷くカムナに応じるように、コネクトがやっとリュックから出てきた。

『……コン』

「コネクト？　大丈夫だよ、ジェイミー達はもうやっつけたし……」

クリスは相棒を宥めながらも、コネクトがいまだに震えている理由を思い出した。

確かカムナ達が水浴びをしている時、コネクトは人間ではなく、もっと別の何かを恐れていた。

ジェイミー達に怯えるはずはないし、仮にそうだとしたらもう震えは止まっているはず。

しかし、鋼の狐はまだ恐れている。

暗い闇の森の、更にその奥に潜んでいるらしい何かに対して。

「……そうだったね、君は彼らに怯えてるんじゃあなかった」

ここにきてやっと、クリスは自分達が置かれた状況を察した。

もしも魔獣や暴漢を上回る邪悪な存在がいるとすれば、この最下層だ。

「どうしたのよ、クリス？」

「やっぱり、何かがおかしいんだ。異常に数が減った魔獣、最下層の静けさ……まるで……」

その先を口にしようとした瞬間、三人の背中を怖気(おぞけ)が奔った。

「――ぎゃあああああああっ！」

暗い闇の中から、ジェイミーの絶叫が聞こえてきたからだ。

しかもその声はあっという間にくぐもり、苦しみ呻く声に変わった。

「今の声、ジェイミーのよね⁉」

「すぐ近くだ、行こう……っ！」

クリス達は闇の中に駆け出そうとしたが、すぐに足を止めた。

というのも、彼らから一番近い木の影に、何かがべちゃりと飛んでくるのが見えたのである。影の中から見える太い腕、五本の指は、人間のそれだ。

その人は木に寄りかかるようによろよろと立ち上がると、影から微かな光の中に顔を出した。

半分しか顔が見えないが、間違いなくジェイミーだ。

「ジェイミー、どうしたんだ⁉　そこで何があった……」

クリスが大声で彼の名前を呼んだが、ジェイミーは上の空だ。

「……あ、だ、だずげで、ぐれよぉ」

うわごとのように呟き、こちらから見える右目はクリス達でなく虚空を眺めている。彼を嫌悪するカムナですら戸惑った。

「……あいつ、なんかおかしいわよ。さっきから声がおかしいし、体も……」

その原因を突き止める必要はなかった。

「ひい、ひい、ひぃぃ……」

木の影から出てきたジェイミーの体は、半分が生きていて、半分が死んでいた。

腕は無残に千切れ落ちて引きずられ、意図的に引き延ばされた肉でかろうじて繋がっている。ずるずると地を引きずる音は、これが出していたのだ。

おまけに服はボロボロに破け、ところどころ肉が剥ぎ取られている。何より無残だったのは、頭蓋骨が見えるのではないかと思えるほど左側が窪んだ顔面だった。

「嘘、でしょ」

「ジェイミー……！」

絶句したカムナとフレイヤの前で、クリスは耐えきれず飛び出そうとした。

「ダメよ、クリス！　近づいちゃダメ！」

カムナは反射的に引き留めた。

「でも……っ！」

「何かがおかしいと君が言ったんだぞ、クリス君っ！　あの男の様相は異常だ！」

フレイヤの怒声にも似た制止で、クリスはようやく冷静になれた。

彼女もまた、普通なら死んでいてもおかしくないほどの重傷で生きているジェイミーの異形に対して、恐れを抱いているようだった。

「腕をもがれて、頭を半分潰されて生きているなど、並の魔獣ではあり得ない！　奴らは捕食する為に襲うからだ！　ああやっていたぶる為だけに、生かさず殺さずの状態を維持しているなど異常極まりないぞっ！」

「何であれが、魔獣の仕業だって分かるのよ⁉」

「肉体を千切り、顔を潰してなお生かすなど、人間にできることではあるまいっ！」

あんな様は、きっと聖騎士団（ロイヤルナイツ）に所属していた頃ですら見たことがなかっただろう。そうでなければ、豪快な性格の彼女が、深紅の髪を震わせて冷や汗を流すなど信じられない。

カムナもまた、目を見開いて拳を握っている。

そんな二人とは裏腹に、クリスの顔に浮かんでいたのは、憐（あわ）れみの感情だった。

ジェイミーは決して善人ではない。それどころかクリスからすれば立派な悪党だが、だとしてもここまでされる謂（いわ）れはないのだ。

「ジェイミー、どうして……⁉」

「お、おで、ごんなはずじゃ、ないんだよ」

ぐちゃ、みち、と、内臓を傷口から血と共に落としながら、彼は吐くように言った。

「だんざくじゃになって、もっどえらぐなりだい、にんぎものになりだい……がねだげわだじでおいだじだおやじを、がぞぐをみがえじでやりだがっだのに……」

後悔の念が詰まった、敗北者の声だった。

ジェイミーが吐露する声は、己の隠していた過去を紡（つむ）いでいた。

彼は自分の弱さと惨めさを、ただひたすらに強がりと嘘で隠していた。悪意と傲慢が自身を滅ぼしても、カムナ達から憐れみの目で見られても、非を認めるつもりはなかった。

自分は悪くない、助けろ。

この期に及んで、彼の要求はこれだけだった。

だから、彼を待つ結末は、およそ想像と変わらなかった。

「どうじでごんなべに……おれざま、なにぼ、わるいごど、じでねえ――」

自身の正しさをなおも主張するジェイミーの声は、唐突に途切れた。

ジェイミーの背後から音もなく現れた何かが、巨大な拳らしきものを振り下ろしたのだ。

その威力は常軌を逸しており、地面と激突した衝撃で砂埃と突風が巻き起こった。

「クリス、あたしの後ろに隠れてっ！」

カムナが慌ててクリスの首根っこを掴んで後ろに引き戻さなければ、風圧によって飛来した石礫（いしつぶて）の餌食（えじき）になっていただろう。カムナはそんなものが当たってもびくともせず、フレイヤは『グレイヴ』を盾にして防いでいた。

では、巻き起こる煙の中心にいたジェイミーは、どうなったのだろうか。

「ご、お、ひぎぃぃぃぃぃぃッ!?」

彼の絶叫こそが、その答えだった。

人ほどの大きさもある拳が、ジェイミーを掴んで持ち上げていた。

みしみしと鳴る音や彼の口から噴き出す血の量からして、明らかに体が潰れている。

残ったもう半分の顔が苦悶に満ちて、眼球は半分飛び出している。

そんな荒業をしてのけたのは、木々ほどの背丈がある魔獣だった。

「……何だ、あれは？　魔獣、なのか？」

クリスが疑問形にしたのは、魔獣の姿が奇怪極まりないからだ。

ダンジョンの外で、猿を何度か見たことがある。

あれの全身、頭まで鋼色の装甲を纏わせ、目を大きくして腕を大木ほどの太さにする。

ついでに見上げても足りないほど、アンバランスなまでに背を高くすれば、ちょうど眼前の魔獣になるだろう。

そんな怪物が音も立てずに現れたのだから、三人は息を呑んだ。

「コネクト、君が怯えていたのはあの怪物だったんだね」

『コーン……』

いまやコネクトの様子はすっかり恐怖に満ちていた。狐はたちまちリュックの中に隠れ、ぶるぶると震えるだけになった。

「あんな図体で、今まで気配を消して隠れてたの!?」

「そうだろうな。見てくれだけならば、名前は『剛腕(ごうわん)』だ。二足歩行の類人猿(るいじんえん)、巨大な腕で敵を殴り潰す、Dランクダンジョンではよく見かける魔獣だ。だが……」

カムナも、フレイヤも、無意識のうちに一歩退いていた。

「あの大きさ、姿、残虐性……全てがもはや、別物だっ！」

怪物はわずかにクリス達を一瞥し、大きく息を吸い込んだ。

『――ギイイイガアアアアアアアアァーッ！』

そして、『グレイヴ』の騒音を超える、ダンジョンを揺らすほどの叫び声を轟かせた。

第九章　クリスの覚悟、仲間の決意

「カムナ、クリス君を担げ！　ここから逃げるぞっ！」

恐怖に本能が支配されるよりも先に、フレイヤが吼えた。

カムナは反射的にリュックの上からクリスを背負うと、フレイヤと共に一目散に駆け出した。もちろん、扉の方にだ。

後ろから追いかけてくる音が聞こえるが、振り返る余裕などない。

ジェイミーの部下が薙ぎ払われる音も聞こえたが、止まってなどいられない。

「急に言われたからとりあえず逃げたけど、何で逃げるのよ!?　あいつが魔獣なら、迎え撃ってやればいいいじゃない！」

周りの景色が霞むほどの速さで二人は走っているが、逃げるという戦術がそもそも苦手らしいカムナは、不服そうに怒鳴り散らした。

「いや、フレイヤの判断が正しい！　元聖騎士(パラディン)の彼女が見たことがないって言うなら、恐らくギルド側ですら未確認の魔獣だ！　そんな相手と戦うのは危険すぎる！」

「理解力が高くて助かるっ！　とにかく今は、一つ上の階まで全力疾走するべきだっ！」

渋々納得したカムナとフレイヤの脚力は、双方共に並ではない。

特にカムナは聖騎士（パラディン）に速度を合わせているくらいで、本気であればもっと素早く動けるだろう。

しかし、魔獣も負けてはいない。人間の何倍も、そして同族を上回る高い背と巨大な肉体を持っているのに、俊敏さは人間に劣らないのだ。

「は、速い……あの図体であの速さって、あり得るの⁉」

「だが、入り組んだ木々の中なら小さな私達の方が有利だ！」

木々を砕いて追いかけてくる敵に触れられないよう必死に走る一同の目に、やっと扉の姿が見えてきた。いつの間にか閉じているそれを開く余裕など、今はない。

「もう少しだ、もう少しで……扉を叩き割るぞ、一気に跳び込めっ！」

フレイヤは扉を開けるつもりなど毛頭なかった。

斬撃や打撃に対しての耐性があると思しき扉に向けて、大鋸を抜き、起動スイッチを押す。魔獣の叫び声ほどの轟音を唸らせ、彼女は姿勢を低くして――。

「我流騎士剣術――『疾駆（しっく）斬り』！」

踏み込んだ足を解き放って扉へと突進したかと思うと、それに大鋸を叩きつけたのだ。

ギルドでは「扉は普通の剣や槌（つち）の攻撃を通さない」とされているが、フレイヤの一撃のような強烈極まりない攻撃は例外である。

両腕で柄（つか）を握り、超高速で回転する刃は、火花と共にそれをたちまち斬り倒した。

結果として、扉は開いた。

フレイヤは斬撃の勢いで通路に転がり込み、カムナはクリスを背負ったまま、扉の残骸を飛び越えて狭い道に入り込んだ。

「うわあああああッ⁉」

これで一安心かと思った三人だが、通路を揺らす震動で、またも緊張を取り戻した。

なんと『剛腕』が腕を伸ばし、通路の中にいるクリス達を捕らえようとしてくるのだ。

『ギィ、ガアアギイオオオォォッ！』

「ここまでの執念、ダンジョンの外に出る魔獣ですら見せないぞ！　こいつが周辺の生物を殺し尽くしていると仮定しても、おかしくないだろう！」

「これまで魔獣を見なかったのは、まさかこいつが殺したっていうのか⁉」

「他の階層についてはさっぱりだが、ここについてはそう言ってもいいはずだっ！」

赤い瞳が飛び出るほど出入口を覗き込み、叫び散らす鋼の巨大猿を見て、クリスは怖気を隠し切れなかった。

「カムナ、走れ、走ってくれ！　上の階に辿り着くまでは安心できない！」

「ああ、もう！　ぶっ飛ばせないのがもどかしいわね！」

だから、三人は無我夢中で走るほかなかった。

当然と言えば当然だが、通路は魔獣が通れるほど広くない。だいたいの探索者（シーカー）が窮地に瀕した際に逃げ道として使う実績に違わず、敵は追ってこなかった。

それでも安心感を求めるように、誰も足を止めなかった。クリスはもうカムナから降りても問題なかったはずだが、彼女はぎゅっと彼の体を掴んで離さなかった。

息が荒くなるほど全速力で駆け抜けた彼らは、やっと次の扉を開き、上の階層へ出た。

どたばたと第九階層へと戻ってからも三人は走り続けたが、鳥の気配や獣の雰囲気を感じ取ると、やっと足を止めた。

「……第九階層だ、ここまで来れば……ひとまずは安心だな」

「助かったよ、カムナ。君が背負ってくれたから、どうにか逃げ切れた」

『グレイヴ』をしまったフレイヤの隣で、カムナがクリスを降ろす。

主人には指一本触れさせない。彼女の誓いは、確かに守られた。

「当然よ、あんたを守るのがあたしの役目だもの。あんな化け物なんかに指一本――」

魔獣は一番上の階を例外として、階層を越えられない。だから、一安心。

あとは怪物の出現を、ギルドに報告するだけだ。

『――ギュルイイオオアアアァアーッ！』

――そんな甘い考えは、一瞬で破られた。

クリス達の眼前の地面を破壊して出現した、『剛腕』の姿によって。

巨大な腕を振り回しながら床を破壊し、這い出てくる魔獣を目の当たりにして、歴戦の聖騎士（パラディン）であるフレイヤすら絶句した。

「……地面を突き破って移動するのか、こいつは……!?」

「まさか、いくら上の階層の光が射してくるといっても、並の分厚さじゃないんだ！　それにこんな乱暴な手段で移動したら、ダンジョンが崩落しても……」

偶然通路を通り抜ける、あるいは何かしらの手段で上の階層に行ってしまう魔獣はいる。だが、意図して地面を突き抜けるほどの力を持つ魔獣など信じられない。

仮にそれほどの力を持っているとしても、ダンジョンの床を貫けば崩壊に繋がってしまう。そうなれば、自分の棲み処が崩れ落ちるというのに、ダンジョンがなくなる可能性など考えていないのだ。

「……そこまで考えてないのか。やつは、破壊しか考えてない……！」

破壊衝動だけを糧に生きているのだとクリスは推定したが、そうではない。

「破壊だけではない。残虐な痛みを与えるのも、嗜好の一つだ」

フレイヤの指さした先には、『剛腕』の口の中に半分だけ収まったジェイミーがいた。

ひと思いに呑み込まれればまだ楽に死ねただろうに、あの怪物はよりによって小さな果実を噛み潰すように、少しずつ捕食しているのだ。

餌がまだ生きていて、呻くのを楽しむように、ぼりぼりと肉を食らう。これほど邪悪な怪物が本当にこの世に存在するのだろうかと、クリスとフレイヤは我が目を疑っていた。

「ふん、どっちでも関係ないわ。クリス、あたしの後ろにいなさい」

ただし、カムナは違った。

ばきぼき、と指の関節を鳴らす彼女は、既に臨戦態勢に入っていた。

「どんな奴でも知ったこっちゃない！　あたし達の邪魔をするってんなら、このカムナオイノカミ様が、体のどこでもブチ砕いてやるだけなんだからッ！」

言うが早いか、カムナは腕のピストン機能を盛大に動かしながら突進した。

「待つんだ、カムナっ！　奴の装甲は……！」

フレイヤが彼女を大声で引き留めたが、聞く耳などもたない。

魔獣の大袈裟な攻撃を避けて、カムナは大きく跳び上がる。頭部までは届かずとも、無防備な右肩を装甲ごと撃ち抜ける距離だ。

「必殺っ！　最強無敵の『神威拳（カムナックル）』――」

何の躊躇いもなく、彼女は必殺技を『剛腕』の右肩に直撃させた。

金属同士がぶつかる音と衝撃が、双方の腕に奔った。

「……あれ？」

訂正。奔ったのは、カムナの方にだけだ。

びりびりと震動した彼女の腕に反し、魔獣はびくともしなかった。

信じられないと言いたげな顔でもう一度拳を命中させるも、やはり音が響くだけで、敵は掠り傷すら負っていないようだ。滞空時間が限界だったカムナが地面に着地する。

「何よ、こいつ⁉　攻撃が通らな、きゃあっ！」

「カムナ！」

驚愕するあまり、彼女は左腕の攻撃をもろにくらってしまった。

「クリス君、下がっていろ！　打撃が通らないなら、斬撃を叩き込むっ！」

近くの大木に叩きつけられたカムナを救助するのはクリスに任せ、フレイヤは大鋸を起動させる。

魔獣すら顔を顰める音と共に、無数の刃が装甲に命中した。

「我流騎士剣術！『剛力斬り（ごうりき）』っ！」

一気に圧し切るフレイヤの必殺技が当たったが、彼女は異変に気づいた。

大鋸の刃が回転しているにもかかわらず、装甲にめり込んでいない。火花が凄まじい勢いで散っているのに、肉まで攻撃が届いていないのだ。

（硬い……！　いくら魔獣の鎧といえど、ここまで堅牢とは！）

目を見開きながらも、フレイヤは装甲の破壊を諦めず、一層力を込める。

「ならばもう一度、叩き込むのみ！『剛力——ぐおっ！」

だがそれは、大きな隙を生み出す諸刃の剣だ。『剛腕』の放った蹴りを避けられず、大鋸もろとも、彼女はカムナとクリスがいる方角へと吹き飛ばされた。

足元に転がったフレイヤの身を案じながら、クリスはカムナを起き上がらせる。

「フレイヤ！　カムナ、立てるか!?」

「立てるけど……あいつの装甲、並の硬さじゃないわ！　他の魔獣の鎧を剥いで、何重にもくっつけたみたいに、滅茶苦茶に硬いのよ！」

「ギルドが注意勧告を出していた怪物と思って良さそうだ！　うむ、強敵だなっ！」

「あたしの無敵の必殺技で死なないなら、どうやって攻撃を……クリス、避けて！」

三人が攻撃の手を緩めたのならば、今度は魔獣が攻撃する番だ。

地面を砕きながら突進してくる魔獣の大振りで俊敏な打撃を、カムナとフレイヤは回避できた。

しかし、クリスだけは逃げ切れず、直撃こそしなかったが風圧で近くの岩に激突してしまった。

「うわあああぁぁっ！」

「クリス！　この……クソ猿があぁッ！」

みしみしと体を襲う衝撃に悶えるクリスを見て、カムナの怒りが頂点に達した。

自分の攻撃が通用しなかったことなど完全に頭から吹き飛んでしまい、飛び上がると、折れた樹木を掴んで魔獣に突き刺そうとする。

だが、カムナの拳すら通さなかった装甲に、大木の突きが通用するはずもない。なのに、彼女は一心に殴打と蹴りを乱れ撃つ。

「よくも、クリスをっ！　とっとと、くたばり、なさいよっ！」

鬱陶しがる『剛腕』が彼女を掴もうとするが、それより先にフレイヤがカムナ服の裾を握って、強引に引きずり下ろした。

「一旦離れろ、カムナ！　君の殴打で傷一つつかないなら、これ以上殴っても変わらない！　私の大鋸ですら通さない鎧なのだぞ！」

「だったらどうしろっての⁉　策もないし、正面からぶっ潰すしかないじゃない！」

じたばたと暴れる自分を抑えるフレイヤに、カムナは怒鳴り散らす。

「それしかないだろうが、認めたくないな！　これだけの硬度、破壊力、まるで……」

ようやく軋む体を起こしたクリスは、敵と距離を置こうとするフレイヤの言葉を、うすぼんやりとした頭と耳で確かに聞いた。

「まるでアームズと戦っているかのようだっ！」

アームズ。

自分がずっと調節し、造り、時に解体してきたそれのようだと。

「……アームズ？」

巨大な猿の乱撃をかわす真紅と金色の姿を視界に入れた時、クリスの脳が稼働した。

痛みすら忘れた彼は、相手の肉体を観察する。強固な鎧と並の魔獣では届かない巨躯。それに似合わない素早い動きと、それに似合う打撃の破壊力。

動きに追従して揺れる装甲の全てを、技術士（エンジニア）の目で見る。

「——そうか、そういうことか」

――あった。

敵の最大の弱点にして、アームズならばあって当然のものが。

「二人とも、こっちに来てくれ！　作戦を思いついたんだ！」

気づいた瞬間、クリスは叫んでいた。

彼の声を聞いて、無意味な攻撃を続けていた二人がようやく、応戦の手を止めた。

「作戦？　何だか知らないけど……」

「乗るしかないようだな！」

言うが早いか、二人は踵（きびす）を返してクリスのもとへ駆け出した。

魔獣は獲物を逃がさないと言わんばかりに突進してくるが、カムナがクリスを抱いて瞬時に方向転換すると、猿はとてつもない勢いでそのまま前進していった。

草むらに隠れた三人を、敵は見つけられないようだった。

このまま逃げ切れればいいが、あの執念の塊がそれを許すわけがない。

「草むらのおかげで、ひとまずあたし達を見失ったみたいね。で、作戦って何？」

そういった前提を念頭に置いて、指の関節が剥げたカムナが、クリスに聞いた。

荷物の中からツールを取り出しながら、クリスは覚悟を決めた目で口を開いた。

「フレイヤの言葉で気づいたんだ。あの魔獣の鎧、よく見ると継ぎ目があった。理屈は分からないけど、多分あれは素材を繋いでアームズを造る時のように、他の装甲を貼り付けて、自分の体に纏わせてるんだ」

「貼り付けてって、どうやって？」

「さてね。けど、奴には他の同類のように、鎧の下に生身の体がある」

わずかな観察の間でクリスが見つけたのは、関節部位以外にある、装甲同士の継ぎ目だった。

他の装甲は一つの面になっているので高い強度があるが、彼は魔獣が動くたびに、ほんの少しだけその位置がずれるのを見逃さなかった。

とはいえ、それだけでは何の攻略法にもならない。仮に継ぎ目に攻撃を叩き込もうとしても、的確に命中させなければ意味はない。

――まともに攻撃をしようと思えば、の話だが。

「そして俺なら、継ぎ目を狙って、アームズのように鋼を引き剥がせるはずだ」

クリスには秘策があった。装甲を無効化し、生身を露出させる手段があった。

「……まさか」

「ああ、俺があの装甲を『解体』する。二人は鎧を剥がした部位に攻撃してくれ」

息を呑むカムナとフレイヤの前で、強がるような笑顔で、クリスが言った。

彼は敵を解体する覚悟を決めていた。カムナ達よりも近くで、しかもノーガードで敵と戦うという、とんでもないリスクを背負う覚悟を。

「駄目だっ！　そんな危険な策を、断じて許すわけにはいかないっ！」

「フレイヤ、声が大きいよ。敵に見つかっちゃう」

反射的に、聖騎士（パラディン）は叫んでいた。危険すぎる賭けだと、直感で理解したからだ。

彼女の後ろで、大きな足音が聞こえた。

「……すまない。だが、言っては悪いが、君の身体能力は『解体術』を除き、私やカムナに劣る。あの魔獣の攻撃を避け切れなければ、死は免れないぞ」

「分かってる。それでも、逃亡を許さない相手を倒すには、これしかない」

「奴がいかにしつこいとしても、逃げる方がまだ安全だ。カムナも、彼を止めてくれ」

フレイヤは赤い目を細めながら反対した。

普段は何かと寛容なフレイヤですら納得しないのだから、カムナも同じだろう。そう思ったからこそ、彼女はクリスのアームズに説得を促したのだが――。

「……作戦を教えなさい、クリス。何かあるんでしょ？」

信じられないことに、彼女はクリスに賛同してしまった。

「カムナ!?」

「カムナ……」

下手をすればクリスが死んでしまうというのに、最も彼を愛し、守り抜きたいと願っているはずのカムナが何をするのかと問いかけた。

何ゆえか、どうしてかとフレイヤが聞くより先に、彼女は口を開いた。

「言っとくけど、あんたが生きて帰ってくるのが前提よ。自分が死んでもあたし達が生き延びる為の作戦だって言うなら、今ここであんたをぶん殴って、引きずり帰る」

カムナの人間とは違う目が、クリスを捉えた。

怒りにも似た視線を受けた彼は一瞬だけ固まったが、すぐに緊張を解いた。

「けど、そうじゃないならクリスを信じる。あたしはあんたのカムナオイノカミだもの」

彼女がにっと笑い、クリスへの絶対の信頼を、屈託ない表情で伝えたからだ。

「大丈夫だよ、カムナ。絶対に誰も失わせないし、俺の命も失わない。約束するよ」

クリスが笑顔で返すと、ずっとリュックの中に隠れていたコネクトが顔を出した。

『コーン……』

「コネクト……リュックの中に隠れてて。君を失うわけにはいかないからね」

彼の言う通り、コネクトはリュックの中へと戻ろうとした。

しかし、迷った末に、クリスの最大の相棒である変形型修理ツールはリュックの中ではなく、ダンジョンの冷たい床に飛び降りた。

『――コン！』

そして棒状のツールに変形すると、クリスの手に収まった。

無理をしなくていい、しないでほしい。

クリスはそう言いたかったが、コネクトの意志はずっと固い。ツールを握っただけで、コネクトがどれほどの覚悟で自分の手に収まったのかが嫌でも理解できた。

「……分かった。技術士とツールは、死ぬ時は一緒だ」

『コンコン！』

「ああ、それも分かってるよ。死ぬつもりなんて、毛頭ない！」

ぐっとコネクトを握り締め、クリスが言った。

こんな様を見せられれば、フレイヤは諦めるしかない。

しかし、それは嫌な気持ちではなかった。

「……全く、こうなると私の意見は必要ないな。クリス君、作戦を説明してくれ」

三人と一匹の意志が一つになったのを確かめてから、クリスは二人に顔を寄せた。

ぼそぼそと話し合ううち、一人の顔が不安に染まり、もう一人が口を真一文字に結び、やがて納得したかのように目を強く瞑って開く。

それぞれの顔に、もう迷いはなかった。

互いに頷き合うのと同時に動き出した三人のすぐ近くで、『剛腕』はなおもクリス達を探し続けていた。猿のようだが、涎を垂らして唸る様は狂犬のようにも見える。

『グウルル、カヒュウウゥー……』

自分が滅ぼした、生命のいない世界を歩く魔獣は何かしらの反応を求めているように見えた。だから、そこにかかった声は、最高の刺激だった。

「――こっちだ、継ぎはぎの魔獣っ！」

背後から聞こえてきたのは、大鋸を構えたフレイヤの挑発だ。

『ガギュウオオォォッ！』

これが罠である、あるいは囮であるとは微塵も考えない怪物は、空間を震わす雄叫びを上げながら、フレイヤへと振り向き突進した。知能が低いらしいのは、本当に幸運だった。

「よし、向こうに気が逸れた！　今だ、カムナっ！」

背後の草むらから飛び出した、クリスを担いだカムナには気づかない。

「任せて！　風向き良し、威力良し、速度良し……あたしを信じなさいっ！」

魔獣の背中めがけて、なんとカムナはクリスを投げ飛ばした。

カムナの腕力であれば、成人男性でも猛烈な速度で突撃させられる。クリスが自力で接近するよりも早く敵に辿り着けるが、それでもリスクは高い。

そしてそのリスクは、あまりにも早く現れた。

魔獣がフレイヤを追うのをやめ、クリスへと向き直ったのだ。

（やっぱり気づいたか！　こっちに向かって攻撃してくる！）

彼にとっては予想の範疇だ。巨体だからといって敵が愚鈍だという保証はなかったし、むしろこれだけの身体能力を誇るのだ、感覚が過敏であってもおかしくない。

「クリス君！」

「クリス、避けてぇっ！」

二人はこんな早々に計画が破綻すると思っていなかったのか、目を見開いて叫んだ。

特にフレイヤは大鋸を鳴らして敵の気を引こうとするが、まるで意味がない。

そんな中、耳鳴りにも似た悲鳴が頭をよぎる彼の眼前で、魔獣が拳を振るった。

（死んでたまるか……ようやく生きる意味を見つけたってのに、死んでたまるかっ！）

全てがスローモーションに感じる中、クリスは体を捻った。

当たるか当たらないか、半ば賭けのような作戦だったが、女神はクリスに微笑んだ。魔獣の殴打は彼の背中を掠っただけで、直撃しなかったのだ。

（避けた！　掠めたけど生きてる、痛いけど生きてる――やるなら今だ！）

もちろん、衣服は破れ、擦れた部位が激痛を齎すが、死に比べればずっとましだ。

何より、自分が予想していたよりもずっと『剛腕』に接近できた。

赤い目でぎろりと敵を睨む魔獣と視線が合ったクリスは、思考するよりもずっと速く、脊髄を意識が流れるよりもずっと速く、コネクトの尻尾を開いた。

そして、ありったけの工具を引きずり出し、鎧の継ぎ目にそれを食い込ませて――。

「オロックリン流解体術『壱式――甲型』あああぁ！」

腕を渾身の勢いで捻り、装甲を剥ぎ取った。

筋肉が弾け飛ぶのではないかと錯覚するほどの重さがクリスの両腕を襲ったが、それ以上の成果があった。『剛腕』の装甲の中にある、血塗れの生皮が露出したのだ。装甲と皮膚は癒着しており、これなら剝ぐだけでダメージを与えられる。

肉から鋼を千切り取られて叫ぶ魔獣だが、クリスはもう止まらない。

「おおおりゃあああぁぁーッ！」

喉が裂けるほどの咆哮と共に、クリスは回転しながら脚の装甲を剝いだ。

鮮血を噴き出しながら鎧をもぎ取られ、流石の魔獣も狼狽している。そうなってもまだ、クリスは鎧を剝ぎ続ける。

「まだだ、まだ、まだまだまだあぁぁッ！」

『ココココーンっ！』

『ガ、ガガガアア⁉』

コネクトの先端が折れ、みしみしと嫌な音が鳴り、重さに耐えきれずクリスの腕が軋んでも、構わない。彼は敵の体にしがみつき、跳び越え、体中の装甲を解体してゆく。

まるで粗い刃で構築された丸鋸の如く、クリスが高速回転しながら魔獣の体を這ってゆくたび、絶叫と共に鎧が剝がれ、鮮血が辺りの景色を染め上げる。

「……人間業か、あれが……⁉」

「フレイヤ、ぼさっとしてんじゃないわよ！　あいつが姿勢を崩したわ！」

クリスの絶技を目の当たりにしたフレイヤは、唖然とするばかりだった。

カムナが拳を構えて吼えなければ、彼女はまだ呆けていただろう。

「――ああ、一気呵成に畳みかけるっ！　ゆくぞっ！」

我に返ったフレイヤは、『グレイヴ』のスイッチを握りしめた。

轟音を耳にした『剛腕』がクリスから視線を逸らし、自分に迫る恐るべき殺気に対応しようとした時には、何もかもが遅かった。

煙を噴く一歩手前の超高速回転と、鋼が擦れるほど握りしめた破壊力の結果は一つ。

「『神威拳』！」

「『廻し斬り』っ！」

カムナの拳が腕をへし折り、フレイヤの大鋸が太い手首を斬り落とした。

『ギャアアアースッ!?』

初めて、魔獣が苦痛と苦悶の叫び声をあげた。

「攻撃が届いた！　これなら！」

「ああ、思う存分アームズを振るえるっ！」

片腕を失った怪物がのたうち回るのを見て、カムナ達は勝機を感じ取る。

二人から少し離れたところに、クリスが転がるように着地した。彼が魔獣の装甲の六割を解体してくれたおかげで、初めて明確に敵が痛みを顔に浮かべて悶絶した。

血液が滲み出す肌は、纏っていた鎧よりもずっと脆弱で、怪物は痛みにも弱いようだ。

これまで人をいたぶり、捕食することしか考えていなかったらしい顔に、ありありと恐れが滲んでいた。無敵の防御を破られた恐れと、痛覚がある証拠だ。

「どりゃあぁぁッ！」

そして鎧が剥がれた部位は、生肉同然に柔らかい。地面を抉り、穿つ筋肉があるとは思えないほど容易く、カムナの拳が骨をへし折って、フレイヤの大鋸が肉を削ぎ落とす。

その間にも、姿勢を崩した魔獣の装甲を、再び立ち上がったクリスが解体する。

『ギギギギガガガガアアアァァ⁉』

兜のように纏っていた頭の装甲すらも引き裂かれ、遂に敵は丸裸となった。

しかもフレイヤが切り込みを入れた怪物の左脛に、カムナが高速の拳撃を叩き込んだことで、敵の脚がミンチのようになって吹き飛んだ。

怪物は絶叫し、その場に倒れ込む。もはや虫の息だ。

「脚も千切り飛ばしてやったわ！　よし、とどめはカムナオイノカミ様の一撃で……」

カムナは既に勝ったつもりでいたが、相手はそうではなかった。

どうにか息を吹き返した魔獣は、クリスだけでも道連れにしようと、最後の力を振り絞って突撃を仕掛けてきたのだ。

「なっ、まずい、あの野郎！　クリスを狙ってる⁉」

「逃げるんだ、クリス君！」

庇おうにも間に合わない。敵を倒すにも、間に合わない。

解体術しか戦闘手段を持たないクリスに、カムナは逃げるよう叫んだ。

だが、なんと彼は一歩もそこから動かなかった。それどころか仁王立ちの姿勢から見るに、コネクトを構えて敵を迎え撃つつもりなのだ。

「クリス⁉　ダメよ、あんたはアームズなんて――」

彼を守ろうと突っ込むカムナの前で、クリスは静かに笑った。

「――持ってないなんて、一言でも言ったかい？」

彼の手には、砲身のようなものを飛び出させたコネクトが握られている。

がしゃり、と敵に先端を向けた様は、まるで狙撃手のようだ。

「直す手の持ち主である技術士が、そのツールで戦うなんて禁じ手も禁じ手だ。けど、皆の為ならそんなの、全然全く関係ないよ」

これまでこのアームズを使わなかったのは、信条だけが理由ではない。

「アームズ接合用のリベットを、魔獣の骨をバネにしたツールで撃ち出すコネクトの『リベットガン』……一発限定だ、くらえ」

修理の時と違い、高速でリベットを撃ち込む為、一度しか使えないのだ。

だがしかし、これも解体術だ。

強く接合された部位を無理矢理崩す、解体術。撃ち込んだリベットの衝撃で鎧を破壊する、やや乱暴ながら、これまで使ってきたものよりも強力な技術。

つまり、クリス・オロックリンが初めて使う、敵を殺める術だ。

ただ、これを放つというのはコネクトの限界を超えるという意味でもあった。

その時、クリスは指に、ふと温かい重みを感じた。

ミシミシと悲鳴を上げる砲身と外装、崩れつつある部品を目の当たりにして、引き金を引く指を緩めてしまった。相棒との永劫の別離になるのかと思うと、クリスは躊躇ってしまった。

（……コネクト……）

『コンっ！』

ツールの姿のまま、コネクトが鳴いた気がした。

クリスは、背中を押されたのだと思った——本当に大事なものを守るのは、今なのだと。

相棒の覚悟を悟ったクリスは、今度こそ引き金に強く指を乗せた。

（ありがとう、コネクト。君の最後の力を借りるよ）

リスクをものともせず、恐怖を乗り越えた集中力と、自分ではなく誰かを守るべく戦う意志が、クリスの震えを取り払う。

「貫き、穿つ——オロックリン流解体術『弐式』」

そして、クリスが引き金に力を込めると、砲身から凄まじい勢いでリベットが放たれた。

砲身が焼け、一部が砕けるほどの強力無比な射撃は、誰の目にも留まらなかった。

『ギャ、ギュグイッ――』

クリスが発射の反動で転んだのと同時に、『剛腕』の額に風穴が開いた。リベットが貫通したそれは、びくりと痙攣して地面に倒れ込む。

勢いあまって木々を倒し、リベットが三人からずっと遠く離れた巨木を直撃しても、魔獣は動かなかった。

うつぶせになった額から、全身から漏れ出して水たまりを作る血が、怪物の死を意味していた。

湖を造るのではないかと思えるほどの量の血液を流して、生きている生き物はいない。

――つまり、彼らはこの未知の敵に、見事勝利したのだ。

◇◇◇◇◇◇◇◇◇◇◇

「クリス！」

鋼の腕と大鋸をしまったカムナとフレイヤが、へたり込むクリスに駆け寄った。

「やったわよ、クリス！　あの怪物はちっとも動かないし、完全にぶっ殺せたわよ！」

「見事、見事だクリス君！　君の勇気ある行動に感動したぞっ！」

「……良かった」

笑顔で彼を褒め称える二人の前で、擦り傷だらけのクリスはゆっくりと起き上がる。

しかし、彼は無事でも、彼を支えてきてくれたツールはそうではなかった。

魔獣の腕が倒れ込むのに巻き込まれたのか、もしくは過度な解体術の濫用に耐えられなかったのか、ツールの形を保ったままのコネクトは動かなかった。

「……クリス、それ……もう……」

「……俺についてきてくれたんだ。俺の、無茶な戦いに……」

彼は愛しい友を抱きかかえた。

こうなると確信していたとはいえ、長年連れ添ってきた相棒の喪失は心にずしりとのしかかった。

自分がもっと強ければと思うと、後悔の念が押し寄せる。

やれることをやった。

コネクトもきっと、誇りを持って最期を迎えた。

そう自分に言い聞かせた時、ふと、クリスの腕の中で何かが動いた。

「……っ！」

ツールが、ひとりでに動いた。

しかも音を立てて動いたそれは、ボロボロではあるが、狐の形に戻ったのだ。

コネクトは生きていた。

尻尾が千切れ、痛々しいやけどを負ったように外装が黒く染まっているが、それでも生きていたのだ。機能を保ち、完全に停止したりしなかったのだ。

「クリス……！」

カムナ達と顔を見合わせ、クリスは最後の最後まで自分が守りたいものを守る力となってくれたコネクトを胸に抱きしめた。

彼の紫と黒の目から、涙が零れ落ちてゆく。

弱々しく動くコネクトに頬をすり寄せて、クリスはもう一度顔を上げた。

「……もう一度、もう一度約束するよ！　俺はもう、カムナもフレイヤも、コネクトも失わない！どんなに危ない目に遭ったって、俺が絶対に守るから！」

凛とした表情でそう言うと、頭の中から危機感がひゅるひゅると抜けていった。

そして唐突に、自分が格好をつけていることを自覚した。

ギルド本部で受付嬢に言った時のように、クリスは照れくさくなった。またからかわれ、小突かれでもすると思ったのだ。

「……って、またちょっとカッコつけちゃったかな、はは、は……」

「何言ってんのよ！　あんたは元から十分カッコいいでしょうがーっ！」

「わぶっ！　か、カムナ⁉」

カムナはやはりあの時と変わらず、彼を肯定してくれた。

今回は、感極まった彼女が抱き着いてくるという、ちょっと違う方法だったが。

「うむ、もっと自分に自信を持つといい！　君は立派な男だっ！」

「ふ、フレイヤまで⁉」

一方でフレイヤも、そわそわした様子でカムナと同じ行動をとった。

美少女二人にもみくちゃにされながら、クリスは心の中で首を横に振る。

（……立派で、カッコいい、か。俺からすれば、二人の方が何百倍もカッコいいよ）

カムナの拳が、仲間を守った。フレイヤの大鋸が、勝利を切り開いた。

それに比べれば自分の解体術は、きっかけを作っただけだ。どれだけ称賛されても、人を直接守り、敵を討つ術にはならないと、彼は思っていた。

（でも、初めて思ったんだ。守りたいって、二人と同じくらい強くなりたいって。技術士には直せない、形のない絆を守れるように——絶対に仲間を傷つけさせないように！）

誰に何と言われようとも、彼は現状に満足しなかった。もっと強くなり、失うことを恐れないくらい強い人間になりたいと、彼は心から願った。

コネクトもそうだそうだ、と言うように腕の中で小さく動いた。

「とにかく、一旦地上に戻ろうか。この事態を早く、ギルドに伝えないといけないから」

応じるように頷いたクリスは、カムナ達をどかしもせず、静かに言った。

「ダンジョンで何か——恐ろしいことが、起きようとしてる。そんな気がするんだ」

明るい陽の射すダンジョンの中で、クリスは天井を仰いだ。
彼の視線を追うように、二人も木々の遥か上を眺めた。
太陽の紛い物が、微かに陰った気がした。

エピローグ

『クリス・オーダー』がホープ・タウンに戻ってきたのは、『深淵の森』で正体不明の魔獣を倒してからちょうど二日後の昼間だった。

回復に多少なり時間を使ったとはいえ、一同はカムナを除いてあちこちにガーゼを貼っていて、Dランクダンジョンに挑んだ直後とは思えない様相だった。

相棒のコネクトは、全身に布を巻かれて顔だけを出し、クリスのリュックに収まっている。

普通なら彼らを未熟者と評するだろうが、今回は事情が違う。

エクスペディション・ギルドの受付カウンターに立つ女性が、クリスが置いた『白金トマト』を回収し、騒がしい本部の中心で静かに宣言した。

「では、『白金トマト』の納品を確認しました。探索完了です、お疲れさまでした」

一つは、『クリス・オーダー』の初めての探索達成。

「併せて、ジェイミー・マイヤーの件も把握しました。Dランクダンジョン『深淵の森』で謎の魔獣に襲撃されて死亡……こちらで書類を処理しておきます」

もう一つは、ジェイミーの死亡と、ダンジョンで遭遇した怪物についてだ。

街に戻ってきたクリス達は、『深淵の森』で起きた事件を包み隠さず伝えた。もしかするとジェイミーを殺害したのではないかと疑われるかと、一同は覚悟していたが、受付嬢の反応は意外にも淡々としたものだった。

「一応は貴族なのに、あんまり大事にしないのね」

「……先日、ジェイミーさんの素行の悪さに対して、ギルドに苦情が殺到しました。その件について彼の実家であるマイヤー家に連絡をしたところ、こう返答がありました」

カムナが不思議そうに聞くと、少し迷ってから、受付嬢は答えた。

「『あの暴力と傲慢が過ぎる男とは、とうの昔に縁を切った』……どうやら探索者（シーカー）になる直前に、絶縁を言い渡されていたようです。実家のものだと見せかけていた資産や資金も、イザベラさんからの借り物や、自身の切り崩した財産だったのでしょう」

果たして、ジェイミーは既に貴族ではなかった。

クリスを威圧し、金と暴力で抑え込んでいた男だが、実際には何も持ち合わせていなかった。威張り散らしていたイザベラにも、隠し事をしていたのだろう。

だが、彼女がそれに気づいていなかったとは思えない。きっと、いずれ使い道がなくなれば捨てられていたに違いない。そうなれば、未来は今と同じ、絶望と死だ。

「……必死だったんだね。自分を強く見せる為に、ずっと……」

「気に病む必要はない。クリス君の優しさは分かるが、彼の場合は自業自得だ」

俯くクリスをフレイヤが慰める傍で、カムナが話題を変えるように言った。

「ところで、あれについて何か分かることはないの？　さっき説明したやつよ、あたし達が戦った、バカでかい……」

彼女が聞きたがっているのは、自分達をぎりぎりまで追い詰めた凄まじい魔獣だ。

目撃証言から察するに、この受付嬢がダンジョン探索前に警告した、ランクに該当しない危険な生物だと思っていいだろう。

「それについては今朝、帝国中央部の迷宮生物研究所から情報が届きました。近頃頻繁（ひんぱん）に目撃されるその怪物は、鋼鉄魔獣と名付けられたそうです」

「鋼鉄魔獣……」

彼らの予想は当たっていたようで、受付嬢はもう一度頷いた。

顔を上げたクリスが復唱した名前は、既にギルド本部では周知されていたらしい。

「他の魔獣を襲撃し、装甲を奪って大型化するこれらは、捕食以外の目的で生物を襲う傾向にあります。今後は積極的に聖騎士団（ロイヤルナイツ）が討伐に乗り出す姿勢を見せていますし、こちらとしては見つけ次第撤退するよう、探索者に注意勧告を出しておきます」

「よろしくお願いします。あれと戦おうとしないように、と言ってください」

受付嬢は真摯に意見を取り入れてくれた。

そして、クリス達に羨望の眼差しを向けた。

「皆さんは……そんな怪物を相手に、生きて帰ってきたんですね」

「え？」

彼らは気づいていない。自分達の成果がどれほどのものか。

目当てのアイテムを回収し、仮にもAランクの称号を手に入れていた男が手も足も出なかった鋼鉄魔獣を討伐した。

ギルド直属の探索班が遺骸を回収し、一層魔獣関連の研究が進むだろう。

今はがやがやと仲間と話している他の冒険者達も、いずれクリス達を褒め称えるに違いない。

「今回の探索で、Cランク探索者かそれ以上の実力があると確信しました。クリスさん達の功績については、私の方から追加で報告しておきます。未知の強敵と戦い、生きて帰ってきた実績は、称賛に値しますから」

どこか悪戯（いたずら）っぽい笑みを浮かべて、受付嬢はぺこりと頭を下げた。

「もちろん、これは内緒ですよ。では、私はこれで」

そうして、カウンターの奥へと、アイテムと書類を持って消えていってしまった。何か深い言葉の理由を確かめる術はなかったが、悪い意味ではなさそうだった。

「……もしかして俺達って、受付嬢さんに気に入られてる？」

クリスがカウンターに背を向けて歩き出すと、仲間達もついてくる。

「あんたがね。ま、あたしの主人だから人望があるのは当然ね！」

「はは、だと嬉しいな。Cランクにも早めに上がれそうだし、もっとたくさんの――」

その時、ついてきてほしくない者達がやってきた。

桃色の髪に、派手な装飾の衣服。似通った顔に、耳にまとわりつく声。

「――あら、誰かと思えば、クリスじゃない」

ギルド本部の扉を開き、イザベラとパルマが入ってきたのだ。

「あいつら、『高貴なる剣』のっ！」

自分が殺そうとした相手のはずなのに、イザベラは何もなかったかのように語りかけてきた。パルマはというと、イザベラが他の人間と会話をしていることが耐えられないというようにクリスを睨みつけている。

周囲が彼女達には注目していないのが幸いだった。

一触即発の雰囲気を、誰にも知られなかったのだから。

「……俺を殺そうとしたのに、軽い挨拶だね、イザベラ」

イザベラは鼻で嘲笑った。

「あの一連の出来事はジェイミーの企みよ。私と貴方は友好ではないにしても、話すくらいの仲ではあるというのが、街の人々の認識よ。それでは不満かしら？」

「けど、俺に話しかける理由はないだろう？　技術士（エンジニア）はどこか他で雇えばいい」

「そうね。言い忘れていたけど、もう専属はやめて、技術士はこれから都度取り替えて雇い、ダンジョンに連れていくつもりよ。けど、何事にも例外はあるわ」

美麗な顔を醜悪に染め上げ、イザベラは囁くように口を開いた。

「機会をあげる。Aランクパーティーとしての権威を再び取り戻したいのなら……」

だが、その言葉は容易く遮られた。

「断るよ。君の提案を、二度と聞くつもりはない」

ぎろりと冷たい視線を向ける、クリスの氷のような声によって。

イザベラは人を人とは思わない、仲間だった相手の死すら悲しまない。彼にとってもはや、彼女は人ではないと言っても過言ではないほど、最低最悪の存在に成り下がっていた。

こんな人間が存在すると考えただけで、腸が煮えくり返る。

「人を取り替える、君はたった今そう言ったね。人を無下に扱って、ジェイミーのように命を失った者に対して、何とも思わないのか？」

「下民には分からないでしょうけど、貴方達は気高き者に消費される定めにあるのよ」

「人を何だと思ってるんだ？　そんなことを聞かれたらどうなるのか考えてないのか？」

「ふふふ、今更私を疑う人がいるのかしらね？　それと、もう一つ、答えてあげるわ。代わりの利く道具がいなくなった程度で、悲しむ愚か者がいるの？」

クリスの心臓が、胸が熱くなる。

イザベラはというと、そんな態度を取れと育てられたかのように、傲慢であり続ける。

「貴方も同じなのよ、クリス。尻尾を振って戻ってくるくらいの愛嬌があれば面白いのに、それすらしないのだから……はぁ、やはり貴方にも価値はないわ。天才だか何だか知らないけど、私が本気を出せばすぐに潰されるのよ」

「……価値については、君と俺じゃあ、見解の相違があるとしか言えないね」

一通り、彼女の価値観を聞き、クリスはかろうじて言い返した。

ばきぼきと指を鳴らすカムナはもう、言葉を紡ぐ気すらないようだった。

「あー、我慢できない。もういいわよね、こいつの頭をかち割ってもいいでしょ？」

「冷静になるんだ、カムナ！　いくら彼女達が吐き気を催す外道だとしても、手を出したら負けだっ！　いくら救いようのない畜生だとしてもなっ！」

フレイヤが制さなければ、きっとカムナはイザベラの顔面が潰れ砕けるまで殴り続けただろう。

鋼の腕が軋むほど、彼女は怒りに満ちている。

「お姉様を侮辱して……金も品位もない蛆虫の分際で……」

「好きにしろとは言ったけど、言葉には気をつけなさい。アルヴァトーレ家と、私達の新しい仲間、そして貴族が持つ力に屈して、後悔する前にね」

ただ、怒りを抱いているのは、イザベラとパルマも同様だった。自分達が人を嘲笑するのは良いが、自分達が小バカにされるのには耐えられないらしい。

人とは違う瞳で敵を睨むカムナを横目に、クリスがようやく大きく息を吐き、動いた。

「……話はそれだけかい？　じゃあ、俺達はもう行くよ」

意外なことに、彼はイザベラを論破しようとはしなかった。

ジェイミーの時と違って会話が成立しない相手だと思ったのもそうだが、これ以上話していると、彼もどうなるか分からなかった。

だが、イザベラはそんな無礼を許さず、彼の肩を乱暴に掴もうとした。必要とあらば技術士に調整させた剣で強引に引き留めるつもりだった。

「待ちなさい、クリス。随分態度が大きいようだけど、私が誰かを忘れて……え？」

しかし、クリスが振り向くと同時に、彼女は不意にすとん、と腰を抜かした。

イザベラはどうにか起き上がろうとするが、腰から下が言うことを聞いてくれない。まるで下半身が麻痺したかのように、ちっとも動かないのだ。

彼女がどうしてこうなったのか、きっとこの場で理解できる人間はいない——まばたきする間に、イザベラの足腰の機能を一時的に『解体』したクリス以外は。

「誰だろうと知ったことじゃない。さっきも言ったけど、二度と声をかけてくれるなよ」

そんなクリスの右目は、今やどす黒く染まっていた。

片目だけで睨まれたイザベラは、眼前のそれを人間のものとは思えなかった。最も近い生物で喩えるなら、魔獣やその類が近い。それほどの殺意が、黒点に満ちていた。

彼女は心底ぞっとしたが、クリスの目はすぐに元に戻った。

「ああ、安心して。少し経てば起き上がれるようになるよ、それまではせいぜい赤ちゃんの気分になって、這いずってるといい」

おどけるように軽口を叩くいつものクリスに戻っていた。

そうなってやっと、周囲も何かが起きていると気づいた。

もっとも、これだけだと、イザベラが転んだとしか見えないだろう。しかも立ち上がれずにプルプルと震えている。周りの人がこっそりと噴き出すような無様な姿である。

「お、お姉様？　お姉様!?」

「く、く、クリス……よくも、私を虚仮に……うぅ……！」

立ち上がれず、生まれたての小鹿のような姉を抱き起こそうとする妹を置いて、クリスはさっさとギルド本部を出ていってしまった。


カムナとフレイヤも彼についていき、何をしたのかを問いかける。

「クリス、正直に言いなさいよ。あんた、あのバカに一泡吹かせてやったんでしょ！」

「ふふ、かもね。けど、今はどうだっていいさ」

彼女達を見るクリスの目は、いつもの穏やかな色だ。

「俺の願いは、イザベラとは関係のないところにあるからね。俺は必ず、姉さんを見つける。その為に、Aランク探索者になるんだ。彼女達に構ってる余裕はないさ」

まだ『深淵の森』で受けた傷が残っていたが、それでも力強く告げた。

どんな相手がいようと、どれだけの障害が待っていようと、クリスはもう屈さない。イザベラへの冷たい視線は、その証でもあった。

同時に彼は、やっと自分の優しさを最も発揮できるところを見つけた。

仲間の傍だ。

「もちろん、俺は皆の助けにもなりたい。皆の夢と一緒に進んでいきたいと思う」

「じゃあ、あたしはどこかにある『アメノヌボコ』を絶対に見つける！　クリスの仲間として、あんたの夢を一緒に叶えるのももちろん、あたしの願いよ！」

「私の目的は既に果たしたが……うむっ！　では、クリス君とカムナの夢を叶える補佐に回ろう！　再びシャロンに会うのも、未知の何かを見つけるのも楽しそうだっ！」

共にダンジョンを駆け抜けた、かけがえのない仲間こそが、つまり自分達こそがクリスの居場所になっていると気づき、二人は明るく笑った。

そして心の中で、クリスは呟いた。

（姉さん、きっと会いに行くよ。あの時とは違う俺と――仲間達と、一緒に！）

カムナが手を引き、フレイヤが肩を組み、傷だらけの三人は歩いてゆく。

周囲の人々が振り向くくらい元気に、些細なことで笑い合いながら、クリス、カムナ、フレイヤの三人は同じ宿へと帰っていった。
これから、様々なダンジョンへと挑むのだろう。多くの敵が、難問が待ち受けている。
だとしても、彼らには敗北の不安も失敗の恐怖もない。
クリス・オロックリンと仲間達にあるのはただ一つ——共に歩む、栄光の未来だ。

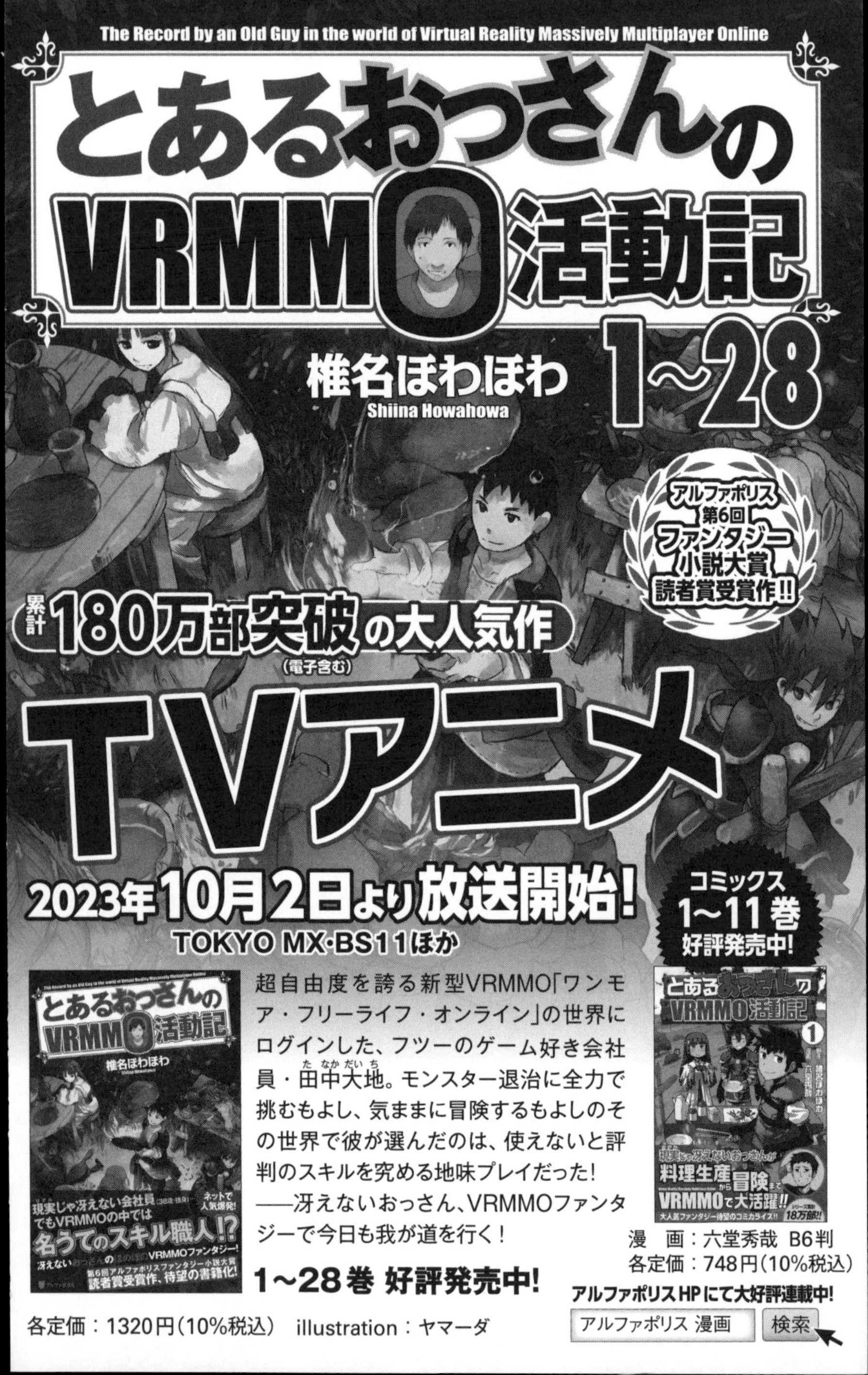
The Record by an Old Guy in the world of Virtual Reality Massively Multiplayer Online
とあるおっさんのVRMMO活動記
椎名ほわほわ
Shiina Howahowa
1～28
アルファポリス第6回ファンタジー小説大賞読者賞受賞作!!
累計180万部突破の大人気作
(電子含む)
TVアニメ
2023年10月2日より放送開始!
TOKYO MX·BS11ほか
コミックス1～11巻好評発売中!
とあるおっさんのVRMMO活動記
椎名ほわほわ
現実じゃ冴えない会社員
でもVRMMOの中では
名うてのスキル職人!?
ネットで人気爆発!
冴えないおっさんのVRMMOファンタジー!
第6回アルファポリスファンタジー小説大賞読者賞受賞作、待望の書籍化!
超自由度を誇る新型VRMMO「ワンモア・フリーライフ・オンライン」の世界にログインした、フツーのゲーム好き会社員・田中大地。モンスター退治に全力で挑むもよし、気ままに冒険するもよしのその世界で彼が選んだのは、使えないと評判のスキルを究める地味プレイだった!
——冴えないおっさん、VRMMOファンタジーで今日も我が道を行く!
1～28巻 好評発売中!
各定価：1320円(10%税込)　illustration：ヤマーダ
とあるおっさんのVRMMO活動記
1
現実じゃ冴えないおっさんが
料理生産から冒険まで
VRMMOで大活躍!!
大人気ファンタジー待望のコミカライズ!!
シリーズ累計18万部!!
漫　画：六堂秀哉　B6判
各定価：748円(10%税込)
アルファポリスHPにて大好評連載中!
アルファポリス 漫画
検索

月が導く異世界道中
Tsukiga Michibiku Isekai Dochu
あずみ圭
Azumi Kei
1~18
8.5
シリーズ累計
350万部
(電子含む)
の超人気作!
TVアニメ 第2期
2024年1月から
2クール
放送決定!
異世界へと召喚された平凡な高校生、深澄真。彼は女神に「顔が不細工」と罵られ、問答無用で最果ての荒野に飛ばされてしまう。人の温もりを求めて彷徨う真だが、仲間になった美女達は、元竜と元蜘蛛!? とことん不運、されどチートな真の異世界珍道中が始まった!
2期までに
原作シリーズもチェック!
●各定価:1320円(10%税込)
●illustration:マツモトミツアキ
1~18巻好評発売中!!
漫画:木野コトラ
●各定価:748円(10%税込) ●B6判
コミックス1~12巻好評発売中!

追放された神官、【神力】で虐げられた人々を救います！
女神いわく、祈る人が増えた分だけ万能になるそうです
著 Saida（サイダ）
1・2
万能な【神力】で、捨てられた街を理想郷に!?
俺だけに見える女神とマイペース救済生活はじめます！
教会都市パルムの神学校を卒業した後、貴族の嫉妬で、街はずれの教会に追いやられてしまったアルフ。途方に暮れる彼の前に現れたのは、赴任先の教会にいたリアヌンという女神だった。アルフは神の声が聞こえるスキル「預言者」を使って、リアヌンと仲良くなると、祈りや善行の数だけ貯まる「神力」で様々なスキルを使えるようにしてもらい――お人好しな神官アルフと街外れの愉快な仲間との温かな教会ぐらしが始まる！
●各定価：1320円（10%税込）　●illustration：かわすみ
追放された神官、【神力】で虐げられた人々を救います！2
Saida
女神様全面協力(?)
お悩み相談でトラブルは万事解決!!

辺境伯家次男は
転生チートライフを楽しみたい
辺境伯家次男のやりすぎ異世界ファンタジー――!
著 ベルピー
【創生神の加護】でもりもり成長して、
のびのび異世界暮らし!
友達はもふもふ
家族から溺愛
ひょんなことから異世界に転生した光也。辺境伯家の次男、クリフ・ボールドとして生を受けると、あこがれの異世界生活を思いっきり楽しむため、神様にもらったチートスキルを駆使してテンプレ的展開を喜々としてこなしていく。ついに「神童」と呼ばれるほどのステータスを手に入れ、規格外の成績で入学を果たした高校では、個性豊かなクラスメイトと学校生活満喫の予感……!? はたしてクリフは、理想の異世界生活を手に入れられるのか――!?
●定価:1320円(10%税込) ●ISBN 978-4-434-32482-6 ●illustration:Akaike

この作品に対する皆様のご意見・ご感想をお待ちしております。
おハガキ・お手紙は以下の宛先にお送りください。

【宛先】
〒150-6008 東京都渋谷区恵比寿 4-20-3 恵比寿ｶﾞｰﾃﾞﾝﾌﾟﾚｲｽﾀﾜｰ 8F
（株）アルファポリス　書籍感想係

メールフォームでのご意見・ご感想は右のＱＲコードから、
あるいは以下のワードで検索をかけてください。

アルファポリス　書籍の感想　検索

ご感想はこちらから

本書はWebサイト「アルファポリス」(https://www.alphapolis.co.jp/)に投稿されたものを、改題、改稿、加筆のうえ、書籍化したものです。

追放された技術士《エンジニア》は破壊の天才です
～仲間の武器は『直して』超強化！　敵の武器は『壊す』けどいいよね？～

いちまる

2023年　9月　30日初版発行

編集－矢澤達也・芦田尚
編集長－太田鉄平
発行者－梶本雄介
発行所－株式会社アルファポリス
〒150-6008 東京都渋谷区恵比寿4-20-3 恵比寿ｶﾞｰﾃﾞﾝﾌﾟﾚｲｽﾀﾜｰ8F
TEL 03-6277-1601（営業）　03-6277-1602（編集）
URL https://www.alphapolis.co.jp/
発売元－株式会社星雲社（共同出版社・流通責任出版社）
〒112-0005 東京都文京区水道1-3-30
TEL 03-3868-3275
装丁・本文イラスト－妖怪名取
装丁デザイン－AFTERGLOW
印刷－中央精版印刷株式会社

価格はカバーに表示されてあります。
落丁乱丁の場合はアルファポリスまでご連絡ください。
送料は小社負担でお取り替えします。

ISBN978-4-434-32649-3 C0093